图书在版编目（CIP）数据

明月传奇 / 喻叶著. — 北京：中国华侨出版社，
2023.9
ISBN 978-7-5113-9049-3

Ⅰ.①明… Ⅱ.①喻… Ⅲ.①长篇小说—中国—当代
Ⅳ.①I247.5

中国版本图书馆CIP数据核字（2023）第 137753号

明月传奇

著　　者：喻　叶
出 版 人：杨伯勋
责任编辑：肖贵平
封面设计：喻　叶
经　　销：新华书店
开　　本：710毫米×1000毫米　　1/16开　　印张：13.25　　字数：193 千字
印　　刷：河北朗祥印刷有限公司
版　　次：2023 年 9 月第 1 版
印　　次：2023 年 9 月第 1 次印刷
书　　号：ISBN 978-7-5113-9049-3
定　　价：69.80 元

中国华侨出版社　　北京市朝阳区西坝河东里77号楼底商5号　　邮编：100028
发行部：（010）64443051　　传　真：（010）64439708
网　　址：www.oveaschin.com　　E-mail：oveaschin@sina.com

如发现印装质量问题，影响阅读，请与印刷厂联系调换。

目 录
MU
LU

目 录

MU

LU

第一章

脱胎换骨　险象环生

大海一片宁静，远远望去，隐约可见一座小岛，名叫落霞岛。落霞岛山清水秀，四季如春，若不是妖兽入侵，如此安静祥和的小岛，必将是一处世外桃源。

落霞岛东边的一片竹林中，竹剑与竹子的碰撞声此起彼伏，一位红衣少女此刻正挥舞着手中的竹剑在竹林中穿梭。看身法虽不是什么高深的剑术，但行云流水、一气呵成，也算练得浑然天成。只不过，剑气中带着暴躁，给原本优美的剑姿增添了一抹戾气。

少女再次挥出一剑，与竹子高速碰撞产生的音爆久久不息。竹林摇曳，竹叶哗哗作响，寄居在竹林的兰灵鸟成群飞起，与地上站着不动的赤脚少女，一动一静，形成了鲜明的对比。

当一切归于寂静后，剑气的后劲卷起地上的落叶，将少女的裙摆及长发吹起。明媚的双眼熠熠生辉，额头上渗出的汗水及微微喘息的胸膛，让少女此刻有种别样风情。

一切归于平静后，少女丢掉手中的竹剑，赤脚走向海边。

在离海岸较近的地方有一块礁石，礁石上有一双靴子，靴子旁边放着一把未出鞘的剑。少女坐上礁石，穿上靴子，回头看了看那一望无际的大海。

此时已是傍晚时分，海面映着晚霞，在海的尽头隐约可见出水龙跃进云层又落入大海，海鸥成群飞过，任谁都很难相信这是一片被妖兽侵占的大陆。

落霞岛虽然只是一个小岛，却遍布着许多帮派，只因为落霞岛上有一处矿洞。除开采矿物外，矿洞中还聚集着很多妖兽，冒险者可以从这些妖兽身上获得珍贵的材料，而这个矿洞现在被大盛帮掌控着，这也让大盛帮一跃成为中州的顶级帮派之一。

少女名叫叶子。她走在桃林里，拿着一根树枝随意拨打着身前的草木，穿过这片桃林就是大盛帮在落霞岛的营地。自从五年前叶子被大盛帮委派到落霞岛看守矿洞以来，一直尽忠职守，休息的时候便在海边冥想，在竹林中练剑。但因身中奇毒，她不但无法说话，而且无法进一步修炼，一直停留在凡人七重，因此，帮派便将她派到落霞岛做守卫。在这里，凡人七重足够了，毕竟矿洞是一个低阶武者才会来往的地方。

叶子远远就看到了大盛帮的哨岗，守卫穿着标志性的红衣服。其中一个警卫见叶子走过来，便嘲笑起她来。

"哟，这不是叶师姐吗？你这是干吗去了啊？"

"你看你，明明叶师姐说不了话，你非要跟人家说话，这不是自讨没趣吗？"另一个守卫附和道。

叶子看了那两个守卫一眼，自己遭人嘲笑早已不是第一次了，对此早已司空见惯。

见叶子没有搭理自己，守卫便伸手拦住了她："等一下，陈师兄让你去一趟他的营帐。"

守卫似乎早就明白了这一切。他笑道："想必是又惹陈师兄不快了吧？"另一个守卫接过话茬儿："叶师姐，奉劝你一句，别和陈师兄对着来。你受罚倒无所谓，别连累了兄弟们。"

听到此话，叶子眉头微皱，心中颇感不快。自己身为大盛帮守卫，本就应尽忠职守，但那个叫陈锋的师兄却处处给"关系户"开后门，仗着自己在帮派中有高层做靠山，向来飞扬跋扈。

叶子没有说话，一直看着守卫，看得守卫心中发虚，尴尬地避开了叶子的目光。叶子又看向不远处陈锋的营帐，守卫的话虽然难听，但她也不得不承认这个世道实力为尊，像自己这种既不能说话又无法进一步修炼的人，只被人冷嘲热讽就已经是非常幸运的了。

离开那两个守卫，叶子来到营帐前，一副不愿意进去的样子。她看了看大帐的帘幕，叹了口气。

叶子摇了摇门口的铃铛。过了片刻，大帐中才缓缓传来陈锋慵懒的声音："进来吧。"叶子整了整衣角，掀开帘幕，走了进去。

此时的陈锋正盘腿赤脚半躺在军师椅上，一只白皙的手臂架在扶手上，手中拿着一支长长的烟袋，常年的酒池肉林生活让他此刻显得脸色苍白，透着疲惫的病态。他衣衫不整，半个肩膀露在外面，连头也懒得抬起来。他只是抬眼看了一眼，然后耸动了一下肩膀，示意怀里的女子起来。

这时，陈锋怀里的女子不情愿又磨磨叽叽地坐直身子，瞥了一眼叶子，嘴角微微下撇，一副嫌弃的样子。她整理着自己的衣服，又将凌乱的头发顺了顺，这才站起身来，走到自己的位置上站定。

叶子全程没有抬头看她一眼，而是低着头等着陈锋收拾好。这种气氛让陈锋颇为不喜，脸上的阴郁神色更加明显。他直勾勾地盯着叶子，也不说话。气氛僵冷。虽然陈锋早已经习惯了，但旁边的女子却仍然看不惯叶子的态度。

"叶子！还愣着干吗？怎么不向陈师兄行礼？"

叶子这才抬起头正视那个女子，锐利的目光让那个女子脖子一紧。

"你什么眼神啊？"那个女子被叶子看得发慌，急忙看向陈锋，露出哀怨的表情，希望陈锋能替她出头。

"行了，顾师妹！"陈锋并没有像顾师妹期待中的那么做，反而制止了她的蛮横行为。

顾师妹生气地一跺脚，脸颊气鼓鼓的。叶子忙将目光转向陈锋。

陈锋没有立刻说话，而是吐出一口烟气："叶师妹，明日便是你们小队巡逻矿洞了，你们副队长似乎不太想让你带队。"

叶子也不恼怒，她早就习惯陈锋这种态度了。她中毒后，便一直无法说话，真气也受到了限制，修为无法再进一步，一直停留在凡人七重。习惯了自己的情况后，她便看开了，认定只要自己秉持本心，随便其他人怎么看。

陈锋见叶子毫无反应，也觉得无趣，便笑道："呵呵，叶师妹既然没反应，那明日你便自由活动吧，巡逻矿洞的事我让顾师妹负责吧。"

说罢，陈锋瞥了一眼身边的顾师妹。顾师妹自是一副得意的样子。

"师兄，何必和她说这么多废话，一个哑巴有什么好交流的，直接传个令就完了。"顾师妹阴阳怪气地说了这么一句话，让陈锋觉得很刺耳，于是转头瞪了一眼顾师妹。顾师妹这才一缩脖子，慢慢低下头，不再言语。

陈锋却一笑："顾师妹，人家叶师妹身中奇毒，我们也不能处处排挤她不是？这件事就不要再提了，免得伤了叶师妹的自尊心。"

此时，陈锋已穿戴齐整，端坐台前："叶师妹来落霞岛也有五年了吧？每次巡逻矿洞都让小队成员不甚满意，师兄我也是顶着很大的压力啊！"

陈锋抬眼看了一眼叶子，见叶子并没有任何表示，他便继续说道："叶师妹还是配合一下，将队长的职位让与顾师妹吧……"陈锋没有继续说下去，只是看着叶子。叶子微微眯起眼睛，眼中的光芒更盛，隐隐带着一丝寒意。

"师妹别误会，我只是想让师妹能有时间专心把毒解掉。"

顾师妹见叶子没有交出队长令牌的打算，火便上来了，嘲讽道："解毒？叶师姐这个毒恐怕是解不了了吧！"

陈锋这次倒是没有恼怒顾师妹，而是一直面带微笑地看着叶子。叶子心知此时已没有回旋余地，正想将队长令牌拿出来。就在这时，忽闻帐外传来激烈的打斗声。叶子急忙转身，几个箭步就冲出了营帐。

目之所见，正是隐秘门的两大强者——蔡武和胡三刀——带着一众人在攻打营地。

此时陈锋也走出了营帐。看到此情景，他二话没说，抽出武器便迎上胡三刀，两人瞬间就恶战在了一起。叶子也没闲着，抽出剑，迎上蔡武。

说到隐秘门，它是落霞岛的一股中型势力，大盛帮占领落霞岛的矿洞之后，和隐秘门就产生了不可调和的矛盾。隐秘门多次攻击大盛帮的据点，就是想争夺对矿洞的主导权。而大盛帮虽然是顶级势力，但那是在中州，在落霞岛它的势力并不强，因此双方经常发生战斗。有时候，其他帮派会浑水摸鱼，故而大盛帮成员在落霞岛的日子并不好过，只有那些没关系的或者被排挤的成员才会被发落到落霞岛上。

蔡武身材魁梧，有着将近两米五的身高，总是一副凶神恶煞的样子，毫不在意叶子的剑气。他硬着头皮，不断靠近叶子，叶子也不愿让蔡武得逞。两人就这样一追一打地斗了起来。

周围过来维护秩序的大盛帮巡逻队已经倒下一片，蔡武浑然不顾身边冲过来的是谁，将他们统统放倒。

叶子见状，也不再废话，拔出腰间的佩剑，"唰"的一声，跨步上前。叶子绕到蔡武身后，一式攻杀剑法，直刺蔡武命门。蔡武虽然粗鲁，但修炼到这个程度多少都会对危险有着很强的预感。

只见蔡武收回拳势，护体真气爆出，让叶子的剑在真气的抵御下发生了偏转，这一剑顺着蔡武的手臂划过，留下一道深深的伤口。

蔡武捂着手臂，正欲反击，却发现叶子的第二剑已经攻杀过来，同时还冲上来三个护卫。有了准备的蔡武此时拔出别在腰后的弯刀，向着人群方向斩出，一道月牙一样的刀光与叶子的剑气交融，只一瞬间，就爆发出巨大的破坏力。叶子和蔡武同时后退数步，但围攻上来的那三个守卫就没这么幸运了，被巨大的冲击力撞得人仰马翻，躺在地上哀号不止，瞬间失去了战斗力。这一番交手，其实也就发生在一瞬间。

蔡武大怒："什么阿猫阿狗都敢和老子交手！"

蔡武恶骂一句，转身冲向叶子，仅仅五个回合，蔡武又添了一道新伤。这次伤在腹部，剧痛让蔡武更加暴怒。

"你居然敢伤我？"

叶子挽了个剑花，将剑尖指地，一副志在必得的姿态。

蔡武暴怒道："你个小丫头片子！"

再看陈锋和胡三刀。他们两人势均力敌，谁也奈何不了谁。因此，只要叶子拖住蔡武，接下来的比拼就是看哪方人多了。

好在大盛帮的一支巡逻队从矿洞回来后，见隐秘门的人正在攻打营地，立刻出手相助，这大大减轻了大盛帮的压力。随着大战进行，隐秘门的人死伤惨重，但大盛帮的人也不好过，谁都没占到便宜。

叶子为了拖住蔡武，强行扛了蔡武几招，此时已不是巅峰状态。这时，蔡武一声令下，隐秘门的人开始撤离。

大盛帮见此，士气高涨，决定乘胜追击。但隐秘门的人四下逃窜，导致大盛帮的追击分散开来。

陈锋跑在追击的最前列。突然，他发现情况不对："等等，不要再追了。"

但为时已晚，大盛帮的大部分成员都分散了，叶子也是。她一路追击蔡武，最后来到了一处悬崖前。蔡武无路可走，便转过身直面叶子。

"嘿嘿，是你自己找死，就别怨我了！"蔡武说道。

叶子眉头一皱，不知道蔡武说的是什么意思，但自己的回答也简单明了。她把剑一横，又指向蔡武，两人再次交战在一起。

蔡武也不再藏着掖着，上来就是巅峰战力。叶子虽然无法再提升修为，但好歹也是凡人七重，对付蔡武不费什么力气，但也不知道蔡武哪儿来的自信，一直跟她战斗。

几个回合下来，蔡武再添几道新伤，但神色淡定，毫无要逃走的意思，这也让叶子警惕起来："生死相向，没有底气怎会如此淡定？"

说时迟那时快，只见蔡武从怀里掏出一颗丹药，一口吞了下去，然后整个身体似乎变大了一圈，浑身散发着暗红色的气息，实力整整提升了一个阶段。

叶子这才明白蔡武的依仗。可是，隐秘门这种中级势力怎么会有这种丹药？但是此时叶子已经顾不上多想，和蔡武再次交战起来。

蔡武本就以力量为主，再加上吃了增强体力的丹药，叶子因此不敢再直面其攻击，只好在躲避中寻找对方的破绽。最后，蔡武虚晃一拳，叶子一个突进，一剑刺穿蔡武的腹部，蔡武却如早就料到了一般，反手死死抓住叶子的剑柄，然后一个野蛮冲撞撞向叶子。

叶子无法脱身，挨了蔡武一记野蛮冲撞。她还没恢复过来，突然感到一阵剑气袭来，但这明显不是来自蔡武，而且来自相反的方向。

叶子正要回头看，一支剑突然刺穿了她的胸膛。与此同时，叶子也看到了对方的脸——竟是顾师妹！

顾师妹将剑拔出，带出大片血花。叶子捂着胸口，大感不解地看着眼前的顾师妹，即使和帮派中的人矛盾再深，叶子也从没想过痛下杀手，但顾师妹为了区区一个队长的职位居然对同门痛下杀手。

"叶师姐，这几年辛苦你了。"

顾师妹也不多话，扬起剑，一招剑技，将叶子掀下悬崖。

即使坠下悬崖，叶子仍然震惊地看着顾师妹那冰冷的眼神，至死都无法相信同门能做出这种事情。

……

不知过了多久，叶子从昏迷中醒来，视线恢复过来后，却发现自己无法动弹。头顶那一线天，证明自己已经坠入崖底，胸口的伤让叶子的生机更加渺茫……看着上面折断的树枝，叶子明白自己坠落的时候连绵不断的树枝起到了缓冲，所以才保住了性命，但此时自己无法移动，只能躺着等死。

叶子又想起了顾师妹那冰冷的眼神，不由得心中一叹："反正我也要死了，何必还心存怨念？"叶子闭上眼，希望生命流逝得慢些。这时，叶子发现自己的生命确实流逝得缓慢起来。她睁开眼，发现自己口中呼着白气。她勉强挪动身体，胸前的伤口已被冻结，全身甚至有了一些冰碴儿，可见这个深渊极其寒冷。

接着，叶子发现只有自己附近才有这种冰寒的情况，头顶的树丛仍然一片翠绿。就在叶子感到奇怪的同时，努力转头看向四周，终于在头顶不远处看到了一株冰晶一样的草，它正不断地冒着寒气。

只是一株草，就能让周围产生冰霜的效果，可见这株草不是凡物。叶子努力挪动身体，尽量靠近那棵草，想让自己的生命流逝得慢些，或许还有办法活下去。

叶子挪到那株冰草旁边后，惊奇地发现胸口的伤正在愈合，生命也不再流逝。惊喜之余，叶子伸出手，去抓住那株冰草，就在她抓住它的那一瞬间，那株冰草突然钻入了叶子体内。

　　叶子浑身一个激灵，却不知那株冰草此刻正在改变着她的经脉，明明是冰冷的环境，叶子却感到燥热难耐，于是盘膝坐起，努力压制这种燥热。虽然身中剧毒，多年来叶子却从没停止过修炼，哪怕境界毫无寸进。

　　修炼对叶子来说不只是修炼，还是一种修心方式，这么多年积累下的真气在那株神奇冰草的助力下将叶子的实力一瞬间就提升到了天人一重。但从外表看，她仍然是凡人七重的境界。也就是说，此刻的叶子，不但伤势痊愈了，而且还拥有了天人一重的战力，只是仍然无法说话。

　　叶子不知道这株冰草是什么草，居然可以让自己多年无法提升的境界瞬间跨入一个新境界，哪怕表面上看还是凡人七重，但此时的她确实可以发挥出天人一重的实力。

　　达到天人一重的阶段便可以开宗立派了，再往上是天人七重和天仙境。大盛帮的帮主天桥便是天人七重。至于天仙境，她是只闻其名，未见其人。

　　而凡人七重之下皆为蝼蚁，修行到凡人七重，体内才有真气，真气可以用于攻防战斗，也可以用于日常生活，比如踏水而行。虽然真气的用途极为广泛，但凡人七重的真气有限，甚至无法维持一场对决。因此，同样是凡人七重，如何分配真气便成为区分其高下的唯一标准。

　　叶子稳固了一下境界，站起身来，感觉身体充满了力量。那株神奇的冰草，使得叶子的攻击都带着寒冰的气息，这恰好与自己冰冷的性格绝配，真不知是苍天弄人，还是命中注定。

　　叶子抬头看了看头顶的一线天，目光中恢复了往日的神采。但这神采中却多了一丝仇恨。脚下真气集中，叶子一个弹跳，径直跳出了悬崖，这在以前是难以想象的。如果现在再让叶子遇到蔡武，叶子一招就可以废了他。

　　叶子回到了大盛帮的驻地，让原本以为叶子已经死了的守卫大吃一惊。

　　"叶……叶师姐你不是……"守卫像看到鬼似的指着叶子。叶子瞟了一眼守卫便匆匆离去。守卫回过神来，急忙跑向陈锋的大帐。

　　叶子并没有去见陈锋，而是直奔自己的宅院，报仇的事叶子不急，反正顾师妹也跑不了，此刻叶子担心的是自己小队中一个叫福宝的人。

整个小队都不服气叶子。福宝被分配到叶子的小队后，便踏踏实实跟在叶子身边，尽忠职守毫无怨言。叶子被排斥的时候，福宝甚至为她打抱不平，为此没少受欺负，这些叶子都记在心里。

叶子回到自己的宅院后，发现原本的队员已被拆散。在大盛帮的编制中，小队长可以带领包括副队长在内的十个人；再往上就是执事，可以统领十个小队，即他手下有百人的编制；之后便是副统领，可号令所有执事；副统领之上便是统领。统领基本上不会参与具体事务，只在有大事发生的时候才会出面。巡逻的小队有统一安排的住所，都住在一所宅院中，便于紧急集合。

陈锋就是大盛帮在落霞岛的执事，叶子是陈锋手下的小队长，因中毒无法说话，本不会成为队长，但因陈锋贪恋叶子的姿色，便给了叶子一个队长的身份。不承想，叶子并没有让陈锋得逞。陈锋又无法随意撤掉叶子队长的职务，便忍到今天，才算找到借口撤掉叶子的队长职务，谁想到顾师妹会下此狠手，也不知道陈锋知不知道此事。

叶子站在住所门口，看着空无一人的宅院，心中也没有什么波澜，这些队员本就是临时组队的，相处的日子并不久，再加上这群人也不服叶子，彼此矛盾不少，走了就走了。但是，她必须找到福宝。

叶子坠崖后过了多久她自己并不知道，但以目前的情况来看，想必福宝应该是随着小队去巡逻矿洞了。

矿洞位于落霞岛北面百里之外，路途遥远，道路崎岖，山林野地异常密集。

凡人七重以上的武者，体力充沛，能高速移动。但是，其他武者单靠双脚或骑马赶路，需要三天以上的时间才能走到。

自己虽然实力猛增，但叶子并不想过多暴露实力，仍然维持在凡人七重阶段快速穿行在通往矿洞的树林间。一阵微风吹过，两旁的林子摇曳作响。树下草丛随风摆动，人头攒动。

叶子忽然停下，皱起了眉头。四周的环境极为静谧，她立马发现了异样。

风吹树摆，却不闻飞鸟鸣叫；树摆草动，却不见野兽行踪。

这里虽然是郊外野道，没有人烟，但野兽飞鸟是必然存在的。树木草丛如此摇曳，正常情况下必然会惊到这些动物。

可现在连一声鸟鸣都听不到，一只野兔都见不到，一股浓郁的危机感油然而生。

"嗖"的一声，一支利箭从叶子前方一米处横穿而过。

叶子没有拔剑，而是身子一侧，伸手抓住射来的箭，从力道来看，真气应该有凡人七重的实力。

"唰、唰、唰"，三道人影破空而来，个个气息不凡。叶子的目光顿时一冷。从衣着看，这三人是隐秘门的人。

"哦？见到我们居然毫无惧色。"三人中为首的一人挑了挑眉毛说道。

"或许是吓愣住了。"

"哼，一个凡人七重的废物还让我们跑一趟。"

其余两人看向叶子的目光极为不屑，透露着一丝嘲弄的意味。

为首的中年人冷笑道："叶子是吧？悬崖没摔死你算你命大，今天看你还怎么活！"

叶子先是一惊，而后便明白了过来："既然隐秘门的人知道我没死，那顾师妹不但知道，而且还派人前来截杀我。至于顾师妹和隐秘门这些高手有什么关系，想必也只能我自己去查了。"

不过眼前这三个自命不凡的家伙，叶子还没放在眼里。叶子知道，这三人摆明了是想要自己的命。

"叶子，在我们三人面前，你还能镇定自若，不露惧色。真不知该说你是胆识好，还是该说你愚蠢呢？"

这三人当然有十足的把握能轻松杀掉叶子。

他们三人都是隐秘门的高手。为首的中年人乃是凡人十二重巅峰，其余两人则是凡人九重。在他们心中，杀一个七重凡人，应该不费吹灰之力。

"长华长老，一个小废物而已。还没那个资格让您出手，我去废了她。"其中一个执事说道。长华，正是为首那个有凡人十二重修为的人。而刚才说话的那个执事，乃是凡人九重。他瞬间出手，一拳轰向叶子。在他看来，这一拳足以要了叶子的命，最不济也能把她打成重伤。

叶子却一副淡定的样子，手已经握住宝剑，在对方的拳头几乎要打中自己的时候，叶子瞬间拔剑。

只见一道寒光闪过，这位凡人九重的执事仍然保持着出拳的状态，只不过拳头停在离叶子只有几厘米的地方不再动了。

"你……小杂种……你是……"这位执事话还没说完，面门上就出现了一道血线，随即身体一分为二，被斩成了两半。

"怎么可能？一个凡人七重怎么可能接下这一拳？"在一旁看着的长华长老先是疑惑，随后便是一惊道，"小废物，原来你不是凡人七重。"

"长华长老，他……他竟然被秒杀了……"另一个处于凡人九重中期的执事脸色大变。

叶子看了眼地上的尸体，心中暗暗点头，自己的实力果然提升了很多，哪怕真遇到天人一重的高手也有一战之力。

叶子现在缺的是技能，如果有强大的技能支持，哪怕天人来了她也不惧。

"不能再大意了，我们联手，尽快斩杀了她。"长华吩咐道。

两人话音刚落，便脚步一动，联手朝叶子攻来。叶子依然不惧，一个跳跃，迎了上去。

叶子迎面与长华长老对拼了几招，但始终分出一缕心神观察着不远处游走的另一名执事。

这名执事用箭，擅长远攻，叶子不但要躲避射过来的箭，还要抵挡长华长老的近攻。当然了，叶子随时可以轻松取胜，之所以和他们两人纠缠，就是想适应一下新的实力，对自己的实力有个更好的评估。

"这小废物也不过如此，长华长老，我们坚持下去必能将她斩杀！"远处的执事见叶子疲于应付,心中大定。

"不可小视她,她能一招杀了凡人九重的武者,必有底牌!"长华长老提醒道。叶子也不理二人的对话,只是自顾自熟悉着自己的实力。

十几个回合后,叶子已经基本上摸清了自己如今的境界。

"嗖、嗖、嗖",叶子不断移转腾挪,突然一个闪身,避开长华长老,开始专攻另一个执事。

叶子几乎是瞬间就出现在了那个执事面前,一剑劈砍过去。那个执事猛地吐出一口又一口鲜血。他只觉叶子每次砍向他的剑都势大力沉,即使抵挡住了,也会让他体内一阵气血翻滚。

"叶子,你的对手是我!"长华长老见另一执事不断受伤,心中大怒。

叶子心中冷笑道:"这种你死我活的时候还跟我讲武德?有这闲工夫还不如想想怎么逃命吧!"不过,虽这么想,叶子还是放弃了对另一执事的攻击,转而攻向长华长老。

长华长老冷哼一声,心头一喜,暗道:"小废物,果然是少年心志,稍微被我言语一激便攻向我了。"

长华长老大手一挥,叶子头顶阴云汇聚,天空中一道闪电劈下来。叶子低喝一声,消耗真气迅速闪避,只在原来的位置留下了一道残影,闪电劈下来之后,天雷之力在地面砸出一个深坑。长华长老使用的技能乃是闪电术,叶子仗着境界快速躲避,也就打了个势均力敌,可见技能对于修行者的重要性。

但技能也分初、中、高三级,同样的技能,高级的能轻易秒杀低级的,但低级技能也不是完全没用,有时候也会有意想不到的收获。

在玛法大陆,武技技能无数,却仅仅被分为天、地、玄、黄四个等级。可想而知,每一个等级间的差距,必然是极为巨大的。

玄阶武技,哪怕是低级,也比黄阶巅峰武技强得多,彼此间的差距可用"天差地别"来形容。因此,三大职业——战、法、道各自拥有的唯一技能便是他们最大的底气。

只有家族长老和个别精英执事才能学习高级的技能，而一般的技能谁都能学习，只不过发挥不出太大的威力。

若叶子如今也会高级剑技，就可以打出远距离的剑气，瞬间就能秒杀这凡人十二重的长华长老。

"这女娃很强，我们小心些。"长华长老脸色凝重地对另一执事说道。

"嗯。"另一执事沉重地点了点头。

叶子依然不惧，她已经试出如今自己的战力，准备结束战斗了。

在刚才的战斗中，叶子已经发现自己可以随时调动体内的寒冰之力，以让自己的战力大幅上升。此刻，她想用此来结束战斗。

叶子心中低喝一声，寒冰之力被调动起来，气势瞬间大涨，一层冰冷的气息覆盖了叶子全身。

对方顿时脸色大变："怎么可能，这气势怎么会这么强？不对劲，我们不是她的对手，快跑。"

叶子凡人七重的境界都能和他们打成平手，如今气势更胜，他们连招架的可能都没有。两人心中瞬间想到了这一点，立刻转身便逃。

叶子眼中迸发出骇人的杀意，复仇是一定的，但此时，先从他们身上收点利息！想罢，叶子刺剑而出，以极快的速度打向长华和执事两人。

"嗖"的一声，剑刃直接从逃跑的两人背后劈过。一声冰裂的声音，两人如冰雕一般，被拦腰斩断，跌落到地面，生机全无。

其实，即使不调动寒冰之力，叶子也可以轻松干掉这两个人，只不过时间紧迫，再加上叶子想试试自己的实力有多高，便调用了寒冰之力秒杀了他们。之后，叶子在三人的身体上摸索了一番，搜出了三个空间袋。

对武者来说，自己的身家都会随身带着。毕竟，自己的财富没有比放在自己身上更安全的了。

叶子打开那三人的空间袋，里面的东西差不多：一些材料、几颗丹药，还有一千两左右的银子。另外，长华长老的空间袋里有一套技能，秘籍上写着

"刺杀剑法"四个字。

叶子笑了笑，这倒可以弥补她没有可用技能的短板，虽然不是什么高级技能，但以目前的情况来说，这套技能却可以大大提升自己的战力。

随后，叶子差不多用了半个时辰就完全掌握了"刺杀剑法"，再也不用使用初级剑法和残影刀法这种初级技能了。

值得一提的是，这寒冰之力似乎有着吸取对方真气的能力，虽然吸取的能力有限，但叶子明显能感觉到自己的真气又充足了一分。要不是叶子没有收回寒冰之力，她可能还发现不了这一点，这让叶子更加觉得悬崖下那株冰草不是凡物，至于它到底是什么，叶子也并不急于知道，因为早晚有一天，她能弄明白。

叶子重新上路，目光冰冷："顾师妹啊顾师妹，为了区区一个队长的名额，竟置我于死地，我倒要看看你还有什么本事！"

想罢，叶子破空而去。

……

第二章

混战矿洞　海上囚笼

矿洞是一个危险却又无限精彩的地方。珍贵的黑铁矿脉被大盛帮把持着。在开采出黑铁矿的同时，还可以开采出一种叫作血石的石头。血石的价值虽远低于黑铁矿，却是很多丹药的配方之一。另外，血石晶莹剔透，被打造成首饰后，也很受贵妇们的喜爱。因此，血石哪怕没有黑铁矿那么值钱，却也有着不小的市场。

除了被大盛帮控制的主矿脉，这里还有很多小型矿脉，不受任何人掌控，故而吸引了大批商人和武者前来谋取利益。

同时，山脉内妖兽无数，没有实力的人在此寸步难行，若想进入，便需要花钱找人当护卫。由此便衍生出一个职业：佣兵。

佣兵可以是任何武者，哪怕有帮派的也无所谓，只要觉得自己实力足够，便可以经过门派高层的推荐成为佣兵，被人雇用，或者执行佣兵殿派发的任务，完成任务后可以获得丰厚的奖励。

此时，大盛帮掌控的矿洞附近正在发生一场战斗，两方的武者一眼便能辨识出来：身着火红色服饰的是大盛帮的成员，而身着黑色服饰的就是隐秘门的成员。

此时，双方正在争夺一处小型矿点，但以目前的情况来看，大盛帮的人明显不敌隐秘门的人，虽然大盛帮在中州是顶级势力，但这里是落霞岛。俗话说："强龙压不过地头蛇。"他们占不到任何便宜。

"马俊！不要仗着你们人多就可以抢我们大盛帮的矿点，你就不怕我们大盛帮的报复？"

说话的人叫福宝，就是叶子一直惦记着的那个小胖子。他刚刚踏入凡人七重，也是大盛帮这群人的领头人，而剩下的成员，除一个是凡人七重外，其他人清一色都是凡人一重。

隐秘门那个叫马俊的人，却是凡人九重中期，虽然手下大部分成员也都是凡人一重，但凡人七重的却足足比大盛帮多四人，所以场面呈碾压态势，隐秘门的人占尽了优势。

"哈哈哈！福宝，你是不是傻？这里是落霞岛，你大盛帮的总部在中州，还能管到这里不成？"马俊冷笑道。

这时，福宝身边另一个凡人七重的人偷偷对福宝说道："好汉不吃眼前亏，我们的人伤势都不轻，还是先撤了吧。"

"不行！"福宝厉声制止道，"隐秘门的人欺人太甚，这是我们最后一个小型矿点了。再丢了，回门派怎么交代？"

其他大盛帮成员也说道："不错，岂可让隐秘门的这群小人骑在我们头上作威作福。"

"誓死捍卫大盛帮矿脉。"大盛帮的成员们顿时展示出了强大的战意，摆明了死战不退。

"哼，一群蠢货。"马俊冷笑道，"既然你们自己不走，那便别怪我打断你们的腿了。"

"我们上。"马俊一声令下，隐秘门的成员们一个个如狼似虎般发起了攻击。

"跟他们拼了。"福宝一马当先。

两方武者再次交战，只可惜，不出数分钟，在马俊的带领下，就打得大盛帮的成员毫无还手之力。

"怎么？还不快滚！难道真要我们打折你们的腿？"马俊得意地看着躺在地上的福宝，又看了看身边的成员，"在蔡师兄回来之前，你们守好各个矿点，别让大盛帮的抢回去了。蔡师兄回来，必定有赏！"

恰在此时，远处一阵阵气爆声传来。

所有人闻声看去，只见一团火红色的身影将空气炸出一阵阵巨响，快速奔袭而来。

人影转瞬即至，来到马俊身旁，一拳轰出。

"轰"的一声，马俊直接被击飞。

"什么人？"隐秘门的成员顿时大惊。

人影身上的烟雾散开后，来人露出了面貌：正是叶子。

"叶……叶师姐……"

福宝见来人是叶子，且一拳轰飞了马俊，顿时大喜："叶师姐，你没死？你没死啊！"

叶子瞥了一眼福宝，知道福宝此刻激动不已，但说出来的话好像自己应该死掉似的。

福宝也心领神会，尴尬地挠了挠头："叶师姐，你回来就好，回来就好……"福宝的声音越来越小，最后抽泣起来。叶子不忍，走上前，拍了拍福宝的肩膀。

马俊站起身来，擦了擦嘴角的鲜血，冷冷地看着叶子："叶子？你居然没死？"

叶子瞬间抽剑一斩，马俊再度吐出一口血，被劈飞几米，倒地不起。马俊大吃一惊，正要爬起来，还未等他反应过来，叶子再次出现，一把掐住了他的脖子。马俊顿时感到呼吸困难。他发现，自己尽管拥有凡人九重的实力，竟完全挣脱不开。

这时，叶子冷眼看向马俊，眼中杀意大起。马俊见状，急忙喝道："你这浑蛋，你敢动我？待蔡师兄回来扒了你的皮！"

马俊不说还好，一说，叶子露出了更浓郁的杀意。

"快救马俊，杀了那小娘们儿。"隐秘门的成员此刻反应了过来，仗着人多，打算对付叶子。

叶子冷眼看向隐秘门众人，右手虚握。刹那间，十几道剑刃凭空出现，瞬间斩向了所有隐秘门的成员。这是叶子刚学的刺杀剑法，正好拿隐秘门的成员试试手。

此时隐秘门的成员，数十人全部被斩伤，个个口吐鲜血。

"好强……"福宝一脸不敢相信的神色，叶子在此之前是什么实力，福宝清楚得很。

这时，叶子掐住马俊的手加大了力度，然后看向福宝，示意福宝说话。

福宝会意，点点头，问道："马俊，蔡武在哪里？"

"我不知道！"马俊答道。

叶子明显起了杀意，要杀掉马俊。

恰在此时，福宝惊呼一声："庄严，你怎么了？"

叶子转过头去，看到庄严伤势过重，倒了下去。叶子一惊，连忙放下手中的马俊，一个箭步来到庄严面前。叶子看了庄严一眼，顿时皱起了眉头。他的伤势很严重，她示意福宝安排几人送庄严回大盛帮据点。

另一边，马俊趁着叶子救人之际，转头逃跑，其他隐秘门的成员也如丧家之犬一般跟着离开。叶子没有追上去的打算，而是看着一众受伤的大盛帮成员，又看了看身边的小型矿脉。

这时候，福宝已安排好了送庄严回据点的事宜，返回来后，看到叶子正满脸怒气地看着这处小型矿脉。

"叶师姐，幸亏你来了，不然这最后一处矿点也要被隐秘门的人抢走了。"福宝低着头，说话都不是那么大声，显得很惭愧。

叶子没有看福宝，除大盛帮控制的黑铁矿脉外，这里还有五处小型矿脉，分别分给落霞岛各个势力，让他们也有油水可捞，只不过这些小型矿脉并不出产黑铁矿，而是出产血石，不承想隐秘门的人却将这五处矿脉全部占领了。

这本没什么，实力说话，人家有实力就可以占据矿点。但此刻不同，隐秘门的蔡武，叶子是绝对不会放过的，顺带也要找隐秘门的人收点利息。

叶子点点头，冷笑一声，并没有将剑收回剑鞘，而是向另一处矿点走去，她要隐秘门付出代价。

福宝本想阻止叶子，但话并没说出口。他又看了看东倒西歪的大盛帮成员，于是一咬牙，跟上了叶子。

落霞岛的矿脉，除黑铁矿洞受大盛帮控制外，其他小型矿脉都是无主之物，谁都能去争抢。因此，哪怕隐秘门抢了五座小型矿脉，也不好说什么，只能怪自家弟子技不如人。

大盛帮的弟子，也有权利争夺小型矿点，开采出的矿石，可以一部分上交帮派，一部分归自己所有。此时，叶子带着还有战力的几个成员，快速赶往其他几个矿点。

"隐秘门的混蛋，滚出来。"福宝迫不及待地大骂着。

小型矿脉内，隐秘门的成员正奋力开采着血石，听到一声大骂，顿时个个大怒，趾高气扬地走了出来。

"我当是谁那么大胆，原来是大盛帮的杂碎。怎么？回来找死啊？"

"呵？这是找了帮手来了啊？"隐秘门的人看到叶子后忍不住嘲讽起来。

叶子也不废话，脸色一冷，瞬间出手。十几道剑刀凭空出现，"嗖、嗖、嗖"地冲向隐秘门的几人。几道刀光剑影过后，隐秘门的众人纷纷成为了尸体。

"真……真杀了啊……"福宝咽了一口口水。

话说自从争夺矿点以来，一直没见死过几个人。各门派都会悠着点，尽量不死人，毕竟谁都不想遭到对方的报复，最多就是打伤，作为武者，回去修养个十天半个月的就又能活动了。

但此时的叶子却毫无顾虑，连自己门派的人都对自己冷嘲热讽，甚至还有人要置自己于死地，那她索性就大开杀戒，让他们见识一下谁能惹，谁不能惹。不过，这种秒杀的举动确实让大盛帮的成员大呼过瘾，终于可以出口恶气了。

隐秘门派驻在这些矿点的成员也并不是很多，分布到各个小型矿脉后，一个矿点也就十人左右。

大半天，叶子带着福宝等人夺回了四座小型矿脉，杀了四十多个隐秘门成员。

四十多人，全死了，这可是有史以来落霞岛最大的事件，也是隐秘门有史以来最惨的一次。大半个时辰后，叶子等人来到隐秘门的最后一处矿点。果然，之前逃跑的马俊等人正聚在这里。马俊看着眼前杀神一样的叶子，不禁倒吸了一口凉气。

"叶子，你干什么？你怎么敢杀人？"马俊怒喝道。

叶子懒得跟他废话，一巴掌扇过去，将马俊扇倒在地，然后拉了一把椅子，坐到马俊面前。

福宝见状，急忙一脚踩住马俊。马俊趴在地上大呼小叫："大盛帮，你们好大的胆子！就不怕我们隐秘门报复吗？"

毫无疑问，这句话确实说到了福宝的心坎上，大盛帮的地盘在中州，落霞岛是隐秘门的地盘，要是隐秘门真的展开报复，大盛帮可吃不消。福宝看向叶子，叶子却是一副冷冰冰的表情，对马俊的话毫不在意。福宝犹豫了一下，一咬牙，狠狠地向马俊踩了一脚。

"让你废话！你死了谁知道是我们干的？"

"混蛋……"马俊感到后背的疼痛，顿时大骂一声。

福宝此时也不客气，卷起袖子，对他就是一顿拳打脚踢："让你欺负我们大盛帮的人！让你占矿点！让你嚣张！让你长得比我帅！让你……"

"嗯……"叶子轻哼一声。福宝回过味来，一把拎起鼻青脸肿的马俊。

"说！蔡武在哪儿？"

"我、我就不信你们敢杀我。我可是隐秘门门主的儿子！"马俊宁死不屈，倒是有点骨气。

叶子早已失去了耐心。她摇摇头，站起来对着福宝挥了挥手。叶子的本意是将他带下去关起来，谁想福宝抽出刀来："好嘞，我现在就宰了你这个小混蛋！"

还没等叶子制止，马俊就大喊起来："别别别！等一下，等一下！我说！"

叶子再次将目光看向马俊。马俊咽了一口口水，这才知道，眼前的这个人是真敢杀他。

"我……我也不知道蔡师兄具体去干什么了……"还没等马俊说完，福宝的刀已架到马俊的脖子上，马俊又是一惊，大呼，"我还没说完！"

"我就知道蔡师兄去……去了你们大盛帮的矿洞，但去做什么，我真的不知道……"

叶子观察马俊的表情，不似说谎，心中疑惑："蔡武和顾师妹暗中勾结陷害我，但这和大盛帮的矿脉又有什么关系呢？"

福宝却不相信马俊的话，又是一顿拳打脚踢："让你不说实话！让你忽悠人！让你满嘴喷粪！让你长得比我高！让你……"

"别打了！我说，我说。"马俊求饶道。这让叶子不禁侧目，看来自己的阅历还是不够，看不出对方是否有所隐瞒。

福宝其实也没有看出马俊是否有所隐瞒，他只是单纯想找个借口出出气，谁想却歪打正着。

马俊跪地求饶："我说……那是因为蔡师兄发现了你们大盛帮矿洞的漏洞，借此可以牟取重利，所以……"

"所以什么？快说！"福宝又是一巴掌。

马俊感到脸上火辣辣的疼，心里恨得牙痒痒，但仍然交代道："所以蔡师兄勾结大盛帮的顾秀，企图一起牟取暴利……而害死叶子只是顺便弄个队长的身份罢了……"

"我们大盛帮有什么漏洞可以让你们牟取暴利？"福宝一把拎起马俊。

"这个我真不知道啊……"

叶子仔细看了看马俊的表情，加上之前的经验，确认马俊确实没有隐瞒。

但是，福宝却不这么认为……

挨了一顿拳打脚踢后，马俊又说道："是……是走私黑铁矿的买卖……"

这次叶子不再看向马俊，而是看向福宝。真想不到福宝还是一个审讯高手，不禁对福宝刮目相看，看来以后的审讯工作应该交给福宝了。

就在此时，远处一个大盛帮的武者火急火燎地跑了过来。他一圈看下来，也不知道谁是领头的。看到福宝揪着马俊的领子，他急忙说道："快，大盛帮的矿洞出事了，有凡人十二重的武者打起来了！"

"你别急，到底怎么回事？"福宝扔下马俊，盯着武者问道。

"是……是隐秘门的高手和一个不知道哪里的人打起来了，目前矿洞没有人能阻止他们。"

"我们矿洞坐镇的长老们呢？"

"早些时候长老们都让顾师姐叫走了，谁知道转眼这边就打起来了！"

叶子听到顾秀的名字，眼中闪过一丝仇恨，也没等来者把话说清楚，便跨步冲回大盛帮的矿洞。一路疾驰，叶子的修为要比其他人高，因此远比其他人更快到达大盛帮的矿洞。

叶子远远就看到矿洞已经是一团乱，入口的守卫在努力维持着秩序，而来往的人们有跑的，有看热闹的，地上还躺着不少受伤的大盛帮成员。

叶子四下观望，没有看到顾师妹，倒是看到了蔡武。此时，他正和一个蒙面人打得火热。

只见那个蒙着脸的道士，一把扔出几张符纸，符纸像是有生命一般，分四路冲向与其交手的蔡武。

蔡武毫不在意符纸贴到自己身上产生的爆破，不断靠近道士。道士岂会让蔡武得逞，就这样，两人斗个不停。

叶子以符纸爆炸的烟雾做掩护，绕到了蔡武身后，在烟雾散去之前，一式攻杀剑法，卷着烟气直刺蔡武命门。

蔡武发现来者是叶子，不禁大吃一惊。就在他分心之际，叶子一剑刺穿了蔡武的胸膛，好在叶子没想杀蔡武，只是想擒下他而已。

那个蒙面的道士此时并没有停下手中的动作，而是继续念着难懂的咒语，又向面前打出两道符纸，符纸并没去追逐任何一个人，而是凭空随着蓝绿两色火光消失了。

符纸再次出现时，正是蔡武抵御叶子第二剑之时，对突然出现在自己眼前的那两张符纸，蔡武虽然已感知到危险，但已无避开的能力。

随着两声纸破的声音，蔡武被一绿一红两种颜色的雾气包围，本能地扇开面前的雾气，这才发现自己着了道士的道。

"有毒！"

话刚说完，叶子的剑也抵住了蔡武的喉咙。

"你……你居然没死？"蔡武毫不怀疑叶子会杀了自己，但见到叶子还活着也是很惊讶。一剑贯穿，又跌落悬崖，一个凡人七重的武者必死无疑。

叶子也不废话，反手用剑柄将蔡武击晕。

所有人都没想到，在这儿打斗半天的蔡武突然被一个女子两剑就搞定了。

一切归于寂静，叶子回头看了看拿着镣铐的大盛帮守卫。他们还愣在原地没回过神来。她轻咳一声，守卫这才反应过来，急匆匆上来将晕倒的蔡武扣押了起来。

守卫使用的镣铐是一种可以禁锢真气的镣铐。这种镣铐是专门为了扣押武者制作的，蛮力几乎不可能将镣铐扯断，更何况失去真气的武者。蔡武就这样被守卫拖走了。

目送守卫押走了蔡武，叶子这才转身飞奔向山口，正如自己所想，那个道士早就不知所踪。叶子发现山脚处贴着一张符纸，正是那个蒙面道士的用具。

叶子走过去，发现符纸下面是一个卷轴，用来记录事件。叶子打开一看，觉得事有蹊跷，便赶回了营帐。

打斗的事时有发生，但让叶子感到奇怪的是，这矿洞有什么珍贵的东西值得凡人七重级别的人大打出手？在这个江湖中，凡人七重已经是正式踏入修行的阶段了。

只有达到凡人七重阶段，武者才会有真气，所以才有"达到凡人七重才是正式踏入修行"之说。值得一提的是，真气也是妖兽最喜好之物。因此，矿洞外围明令禁止使用真气。

叶子来到关押蔡武的地方已经是一个时辰之后的事了。走入关押室后，她看到蔡武被关在一个特制的笼子里，旁边有两个守卫把守着。见叶子进来，他们纷纷行礼。

"叶师姐。"

叶子以点头回应，虽然平时大盛帮的成员对叶子爱搭不理，但也无深仇大恨，别人对自己客气，自己也会回以敬意。

　　叶子看着蔡武，他的伤口已经包扎完毕，所中之毒也被压制住。此时，他一副胸有成竹的样子，倒像是一个来做客的客人。

　　叶子挥了挥手，驱散了守卫，两个守卫应声而退。待守卫退去，蔡武也没见叶子开口说话，而是一直盯着他。这让蔡武有种一拳打到棉花上的感觉，忍不住问道："你就没什么想问的吗？"

　　叶子笑了笑，好像对方似乎不知道自己说不了话。

　　"我就是什么也不说，你又奈我何？"

　　叶子背过手去，绕着笼子走了起来，同时仔细审视着蔡武，随后拿出一卷书信扔到蔡武手中。蔡武感到莫名其妙，一边疑惑地看了看叶子，一边打开手中的卷宗：

　　　　蔡武，中州人。

蔡武的眼中闪过一丝惊讶，但很快便沉静下来，继续往下看去：

　　　　无门无派，早年间于中州杀死守心帮帮主后逃至落霞岛……
　　　　与顾秀相识于中州，后在落霞岛再次相遇，经顾秀介绍加入隐秘门……
　　　　六个月前第一次出现在矿洞，之后半年，每周都会来一次，大部分是白天……

　　蔡武这才正视眼前这个女人，调查得很是详细。这不由得让蔡武头皮发麻，显然这不是临时调查的，而是长时间积累下来的。再往后的部分被叶子故意抹去了。没错，这个卷轴就是叶子在矿洞外发现的，那个道士留给叶子的线索。蔡武沉默不语，恶狠狠地盯着叶子。叶子根本不顾及蔡武的感受，甚至都没有正眼看他。

蔡武又将卷宗看了一遍，紧锁的眉头突然松开，然后轻蔑地笑了笑："哼，看在你提供给我一条消息的分儿上，我也提供给你一条，和我交手的人是中青帮的帮主杨龙图。"

叶子听到后，才看了一眼蔡武，有些意外蔡武为何说这话。

"怎么？我都被抓了，老实交代也可以免受皮肉之苦。"

叶子再次紧盯蔡武，眼中闪过一丝杀意。蔡武明白，叶子想知道顾秀的下落。

"你那顾师妹如今人已经回到中州了。"

叶子轻哼了一声。此时，一个守卫进来了，向叶子施礼道："叶师姐，陈师兄有请。"叶子犹豫了一下，也没有推托，点了点头，便和守卫一起离开了。

经过这一番折腾，矿洞附近的冒险者明显老实了许多，看来今夜不会再有什么不开眼的人来捣乱了。叶子环顾了一下四周，来到陈锋在矿洞外的临时营帐里。

营帐中只有陈锋和叶子，还有两个守卫，一直跟在陈锋身边的顾师妹不在。看来顾秀可能真的不在落霞岛了。

陈锋站定在叶子面前，盯着叶子看了片刻，似乎下定了什么决心。

"叶师妹，你还活着，真是太好了。"

叶子并没有因为陈锋的话而有什么反应，谁知道陈锋是否参与了这件事。现在的叶子谁都不会相信。见叶子没反应，陈锋也知道怎么回事，便也没有再废话。

"叶师妹，虽然你大难不死，但我仍然无法让你担任队长。"

陈锋瞧了一眼叶子，继续说道："现在有另一件事需要你去办。"

叶子听到陈锋的话，顿时来了兴致，好奇地看着陈锋。陈锋皱起眉头，对两边的守卫说："你们先出去。"

待守卫离开后，陈锋才将眼神再次看向叶子："叶师妹，顾师妹对你所做的事我已经知道了。"说罢，陈锋偷偷观察了一下叶子，见叶子并没有惊讶之色。

"我已经派人将顾师妹押送回了中州总部。这件事情，要帮派高层出面解决才行。"

叶子没想到陈锋会将顾师妹押送回中州，看陈锋不像在说谎，但又想起福宝对马俊进行多次殴打之事，叶子还是决定不相信陈锋的话。

"我要你做的是，将今天抓到的蔡武押送回中州，一是作为证人指控顾师妹，二是让你避避风头。"

避风头？叶子心想，也是，自己杀了那么多隐秘门的人，后面的日子必然不好过，回中州也好，反正也要找顾秀算账。

叶子点了点头，算是答应了陈锋的安排。

陈锋拿出一封卷轴交给叶子："这是详细的文书，你需要亲自上交给帮派高层。"

叶子打开文书，大概审阅了一遍，和陈锋之前所说无异。

"事关重大，叶师妹你准备一下，傍晚由你亲自押解蔡武返回中州。"

叶子点头应允，但陈锋仍然一副不放心的样子。

"叶师妹，有些事可为，有些事不可为，还望师妹好自为之。"

叶子知道陈锋所指的是什么，她看了看手里的文书，转身离去。陈锋目送着叶子离开营帐，然后慢慢闭上眼，隐隐期冀着什么。

叶子并不像表面看上去那么单纯，很多事情她心知肚明。叶子从没期望改变任何人，也不会让别人改变自己。在江湖中，有些事情，没有缘由；有些故事，也没有结果。

叶子盘坐在海边的礁石上，海风吹起她的衣角和长发，她闭着眼，右手的手镯泛着淡淡的微光，没过多久，叶子睁开了眼。海风有些大，吹得叶子只能眯着眼睛，空气里弥漫着微凉的海气，就像魔法一样，很容易把人的思绪带回过去，要不是有呜呜的风声在提醒着叶子，或许就真的回到了过去。

看天色不早，叶子站起身来，环顾四周，似有留恋，又似有发现，目光停留在岸边的一块硕大的礁石上，然后抽出佩剑，运足气力，一剑甩出，将佩剑径直插入岸边的礁石里。

这时，在这块礁石后面，福宝尴尬地走了出来："呵……叶师姐……陈师兄让我来提醒你不要忘记时间……"

叶子仔细盯着福宝，目光中充满戏谑。

"师姐不要误会，我看师姐似乎在想事情，就没敢打扰……"

福宝又犹豫了一下，行了一礼："还请师姐带着福宝一起，叶师姐去哪儿福宝就去哪儿。"福宝礼毕，再抬起头的时候，叶子已经站在他身前不远处了，打量了一番，便跨步离去。福宝见叶子走远，急忙追了上去："叶师姐，等等我……"

叶子知道福宝的心思，自己走了，福宝必会遭到隐秘门的追杀。叶子本就没想留福宝在这儿，只不过她了解福宝，不用说他也会自己找来，所以才在海边等了福宝一个下午。

落霞岛到中州的路程并不远，在落霞岛的岸边可以眺望到中州大陆的边缘。但去中州只有一种方法，那就是乘船。

人们可以选择皇室每天两班的固定航班，也可以选择使用私船渡海。航班并非直线前往中州，而是要绕过海中危险的区域，防止海兽的袭击，没有经验的船员很容易成为那些海兽的美食。

叶子对此并不陌生，所以没有选择皇室的航班，而是避人耳目，选择了私船渡海。

皇室航班虽然安全，但一举一动都会被有心人盯上。私船就没那么明显，而叶子也早就让福宝将关押蔡武的囚笼伪装成货物运上了船。

叶子就如闲逛一般在街上穿行，福宝就像一个随行小弟，紧紧跟在叶子身后，落霞岛的码头不大，几经穿行就到了目的地。

福宝在码头交接完手续，便邀请叶子登上早已预订好的船，叶子也觉得，有个跑腿的师弟似乎也不错，自己倒是省了很多事情，便也不再对福宝板着脸。

福宝见自己的殷勤有了成效，便更加卖力，在船上跑上跑下。除了需严格看守的蔡武，还有一些物资需要带回中州大盛帮总部，这些原本都是叶子要处理的事情，福宝此刻处理起来得心应手，显然不是第一次做这种事。

没过多久，船就起航了。船员们还在忙碌着，只有叶子在甲板上溜达。夜晚的大海漆黑一片，什么也看不见，但当云层散开后，皎洁的月光瞬间就照亮了整个大海。

福宝东张西望地走上甲板，见到叶子后，他加紧脚步，走到叶子身边："叶师姐，蔡武已经关押好了，四个守卫轮流执勤。"

叶子并没有停下脚步，福宝说完后也没有离开，仍然跟在叶子后面，却是一副躲躲闪闪的尿样。叶子疑惑地看了一眼福宝。

福宝加快脚步跟上叶子，压低声音说："叶师姐，俺咋觉得有点不对劲？"

说着，福宝拿出海图凑到叶子面前，偷偷地说道："叶师姐，这艘船的航线似乎偏离了去往中州的方向。"

此时，叶子已经走到船舱门口，于是靠在门口旁边的木桶上，抬头看着月亮。

"要不，我去问问船长？"福宝试探地问道。

叶子仍然看着天上的月亮，晚上的风有些大，天上的云被一片一片地吹过，偶有稀薄的云遮挡住月光，但也只是一瞬间就被吹开了。

福宝偷偷地环顾了一下四周："我们大盛帮的成员走到哪儿不是被人敬仰的，但这群船员一个个的毫无表示，其中一定有诈。"

福宝打量着叶子，叶子并没有表现出惊讶的表情。

"叶师姐，你早就发现不对劲了，是不是？"

见叶子没有回答，福宝显得有些焦急："叶师姐，你倒是说话啊！"

此时，天空中远远飘来一大片阴云，月光被挡住，整片大海又一次陷入黑暗。

叶子一把推开福宝，直接把福宝推了一个跟头。

叶子转身抽出剑来，挡住了身后一个船员的袭击，再转身时，叶子已被五六个船员围住，都不给问话的时间，几人纷纷围攻叶子。

叶子这才发现，自己的真气调不上来，猛然想起上船的时候喝过的水，原来是被下毒了。

此时的叶子实力十不存一，如果换作以前，面前这几个人可以轻易杀死叶子，但他们不知道现在的叶子哪怕中毒，也还能发挥出凡人七重的实力。

没到三个回合，叶子就显得疲于应付，虽有凡人七重的实力，但也是血肉之躯，面对远多于自己的人数，也只能以退为进，找准机会反击。好在甲板上有堆积的杂物，叶子利用这些遮挡物，还算应付得来。

福宝早就不知去向，叶子也顾不得寻找福宝，在甲板上恶战了许久，叶子受了伤，显得有些狼狈。甲板上那五具船员的尸体却证明叶子并不像看上去那么文弱。

重新聚气后，叶子准备再攻一轮，却被船舱下面传来的爆炸声吸引。巨大的冲击力让整艘船摇晃了几下，稳住身形的叶子向后撤去，船员们的进攻也没有起初时那么猛烈了，毕竟战到现在，他们不但没有杀掉叶子，自己还损失了五个人。

此时船体开始倾斜，很明显刚才的爆炸让船体受损，导致船舱开始进水，如果船沉在这里，四面环海真没有什么生存的希望了。

叶子立刻行动了起来，虚晃几招，闪过两个船员，一个跃身来到了船舱的入口处，刚冲进船舱，一把利刃就向叶子刺来。船舱空间狭小，叶子只能立刻靠在舱壁上，险之又险地躲过了致命部位，但还是被一剑贯穿了肩膀。

大盛帮的红色外衣上已经分不清颜色，叶子咬着牙将自己手中的剑向对方砍去。船员的尸体从楼梯上滚落下去，叶子也一路滚到船舱最底部。

叶子低头看去，水已经渗到了小腿部，而不远处的船体上有一个硕大的破洞。破洞前，蔡武坐在一条小船上，福宝正在将船推出破洞。

此刻蔡武身上的镣铐早已不知去向，显然是内部有叛徒，但至于是谁此刻已经不重要了，叶子要如何脱身才是重中之重。

叶子皱起了眉头，刚要呼喊福宝，就被追杀而来的船员围攻。叶子打斗的声音让正在推船的福宝愣了一下，但也仅是一下，福宝便继续推起船来，坐在船上的蔡武微微一笑。

甲板上的船员此时也追了上来，不由分说地举刀砍向叶子，叶子只得回身过招。

小船终于被推出破洞，福宝趴在船头大口喘着气，蔡武这才把指向福宝喉咙的弯刀抽回。

福宝再回头看去，除了叶子与船员们厮杀的身影，似乎还有什么东西在水下徘徊，搅得海面不再平静。

蔡武慢慢地划着桨，小船渐渐远离。

"你可知妖兽入侵至今，哪里的妖兽最多？"

面对蔡武突如其来的一问，福宝思索了一番："难道是海……海里？"

蔡武点点头，边划着手中的桨边说道："海中的妖兽无法上岸，只能留在海中耐心地等待猎物。一旦选定了猎物，妖兽就会伺机而动，找到最合适的机会，一击必杀。"

蔡武说着，此时此刻的叶子也站至甲板上。

四名船员此刻还剩两人，叶子身上有了新伤，但气势比之前更盛，两名船员也无心恋战，大家都处于必死之局，互相残杀已没什么意义。叶子也看出了那两名船员的心思，毕竟在死亡面前，不是谁都能淡定自若的。

船体再一次倾斜，几人已经无法正常站立，而是凭借周围的杂物保持平衡。

载着蔡武和福宝的小船已经漂远，蔡武也把船桨丢给福宝划。

"兽以血为食，妖兽以真气为食，这一船凡人七重的船员释放着真气打到现在，想必快有好戏看了。"蔡武目不转睛地盯着远处那几乎要沉没的船，隐隐有所期待。

福宝听罢恍然大悟："难怪你不使用真气操控这只小船。"

"真气御行虽快捷，但在这大海之中真气很快便会被耗尽，更别说那些以真气为食的妖兽了。"福宝听罢再次看向沉船，不由得担心起来。

叶子看着起起伏伏的水面，又看了看远处，只有船周围不大的范围如此，远处的海面仍然风平浪静，水下定有什么巨兽在游动，搅得海面也随之起伏。

此时，叶子和仅剩的两名船员对峙着，谁都没有先出手。那两名船员对视一眼，都能看出彼此眼中的犹豫。叶子见状，便顺着他们的心思，将武器缓缓放下。

那两名船员也没有过多犹豫，其中一名船员对另一名船员使了个眼色，两人纷纷后退数步，然后转身离开，跳下船舱，纷纷斩断一节船板，踏在船板之上，以真气为劲，踏水而行。

就在两人刚刚踏上水面的时候，以船为中心的整片水域突然下沉，一张巨嘴从海面伸出，将两名船员和船都拢入巨嘴之中，庞大而锋利的牙齿如闸门一样迅速合拢，嘴中的大船就像纸糊的一般被瞬间咬碎。

蔡武和福宝远远看到此景，都露出震撼的神情，此兽之巨大，仅一节嘴部便将船一口吞没。

而就在巨兽即将吞没大船的时候，叶子恰好处于最顶端，她脚下一用力，让自己高高跳起，本以为跃出了巨兽的撕咬范围，但下落的速度远远快于巨兽嘴部合拢的速度，叶子再一次落入巨兽嘴中，而此时船体首先被巨兽咬碎，四溅飞射的木板让叶子灵机一动，她一把将手中的剑甩向飞往嘴外的一块木板，开启寒冰之力，借力一跳，想跳出巨口。

但巨口合并的时候，连同叶子一起吞入巨兽的腹中，叶子终究是没有逃出巨兽之口。

如果远处观察的蔡武使用真气观望定能看清这一幕，只不过为了避免真气吸引到海兽，蔡武没有这样做。此刻福宝还在划着船，至少在靠岸之前，自己是安全的。

不知何时，遮挡住月亮的那片乌云已经消失不见，天空中明月高悬，繁星似锦，平静的大海里却埋藏着无数个故事，映着天上的繁星，各有归舟，又各有渡口。

叶子突然醒来，咳出自己肺中的海水，左右看去，发现自己处在一片腥臭的溶液里，好在自己开启着的寒冰之力能够抵御这腐蚀性极强的溶液。

再看身边有不少已经被腐蚀成白骨的人，从残留的衣物和被腐蚀的木板来看，叶子发现正是刚才船上的那些杀手。

此刻叶子正处在巨兽的胃中。

她得想办法出去，如果这头巨兽沉入更深的海底，就算出去了她也承受不住海水巨大的压力。

叶子扒着一旁的木板靠在了胃壁上，发现自己的伤口正在缓慢愈合。静下心来后，叶子感觉自己的寒冰之力似乎在吸取着什么。顺着寒冰之力的吸取方向感受，叶子终于弄明白了是怎么回事。

上次被三个隐秘门的人偷袭，叶子就发现寒冰之力可以吸取对方的真气，而此刻寒冰之力居然正在吸收这妖兽的内丹。

妖兽和野兽不同，也可以修炼以提升自己的实力，有些顶级的妖兽甚至能口吐人言或者化为人形。

而修炼的妖兽都会有内丹，武者得到内丹可以炼药或者直接吸收内丹以增加自己的实力。在外历练的武者杀死妖兽后都会取得内丹，有时自用，有时出售。

妖兽也分等级，虽然很笼统，但不同等级的妖兽其内丹的价值也不同。妖兽被分为五级：一级妖兽相当于凡人七重的武者；二级相当于天人一重；三级相当于天人七重；四级的妖兽已经很少，各个实力强大，哪怕天人七重都无法抵御，但这类妖兽轻易不会出现；在之后就是传说中的五级妖兽了，口吐人言或者化为人形，是至高无上的存在。

此时，叶子能通过寒冰之力感受到这头巨兽差不多是四级妖兽，难怪如此庞大，正面硬拼的话，恐怕天人七重都很吃力。不过，既然寒冰之力可以吸取妖兽的内丹，叶子也不会坐以待毙。她静下心来沟通体内的寒冰之力，希望可以控制吸收速度。

大概过了半个时辰，叶子终于掌握了一部分寒冰之力，可以自由控制寒冰之力吸取的速度，但这也会让妖兽有所察觉。

妖兽发觉自己内丹中的力量正在不断流失，又不知道是怎么回事，于是在海中翻滚挣扎。叶子努力稳住身形，加快吸收的速度。就这样，大概一个时辰，这头四级妖兽已经濒临死境。

庞大的内丹之力充斥在叶子体内，又过了一个时辰，叶子完全炼化了内丹，此时叶子的真正实力恐怕能与天人七重有一拼，但表面上仍然是凡人十二重的境界。这让叶子很是奇怪，明明自己的实力已经很强了，但外在显露的气息永远是凡人十二重境界。

叶子握住拳，澎湃的力量充斥在拳中，此时别说蔡武，就是陈锋这种天人一重境界的强者，叶子也有把握一击必杀。不过，叶子也知道做人要低调，凡人十二重的境界正好能完美掩饰自己的实力。

此时的巨兽已死，想必已经漂在了海面上，只要破开巨兽的肚子，叶子便能逃出去。

叶子将真气集中在拳头上，奋力向胃壁击去，巨大的冲击力让巨兽的胃壁凹下去一个大坑，不但没破，反而反弹回来将叶子撞飞出去。

不愧是四级妖兽，死了都这么难缠，叶子又尝试了几次，发现仅凭蛮力根本无法破开巨兽的肚子。可是，除此之外，叶子也别无他法，难道真要等几百年，等到巨兽腐烂才行，那时候估计自己就先一步腐烂了。冷静下来的叶子再次放出感知，希望可以找到其他办法。

突然，叶子在巨兽的胃液中发现了一枚戒指——在如此强酸的腐蚀下居然丝毫无损。

叶子捞起这枚戒指的时候才发现它是一枚空间戒，和自己的空间袋类似，是用于储存物品的，只不过空间戒更高级，哪怕大盛帮的帮主天桥天人四重也仅有一枚。

好奇之余，叶子释放感知到空间戒中，里面除一些衣物之外，还有大量的金币，粗略估算一下足有二十万金，这可不是一笔小数目。要知道，一个武者终其一生天天在外历练，所获得的金币也就十万金左右。平时的消费，基本都是以银币为主。而一个帮派成员，就拿大盛帮举例，按叶子之前的队长身份，一个月也就十金左右的俸禄，而十个金币足够普通人活半辈子的了。

叶子震惊之余又翻了翻其他东西，找到了一块黑色的令牌，上面有一个"王"字，难道此戒指的主人生前姓王？但叶子想破头也没想起来有哪个家族姓王，不管在中州还是在落霞岛，都没有王家这号人。除令牌之外，叶子还发现了一张地图，似乎不是中州的。

这时让叶子眼前一亮的是，她发现了一本高级的技能书——《烈火剑法》。

半个时辰之后，叶子就几乎掌握了这种剑法，剑生烈焰，霸道无双，招发必取人命！

激动之余，叶子也顾不得再看戒指中有什么，而是收起戒指立刻起身，寻找可以代替剑的东西。在被巨兽吞入之前，叶子的剑被钉在木板上，并没有被巨兽所吞，所以此刻叶子赤手空拳，对一个战士来说，没有武器确实是一种折磨。

寻了半天什么都没有，叶子才想起来那个空间戒，没准里面有什么可用的武器！果不其然，空间戒里面确实有两把武器，叶子用心神沟通武器，准备将其取出，可发现其中一把名叫"裁决"的武器根本无法取出；而另一把名叫"井中月"的武器却可以被轻易取出。

先不管"裁决"为什么拿不出来，叶子此时有了武器，便对着胃壁施展了烈火剑法。

剑刃之上瞬间燃起烈焰，一股霸道之势聚集剑身，叶子一剑向前斩去。

"轰！"一声巨大的爆破声，随后便传来肉被烧焦的味道，待火焰散去，阳光直射了进来。叶子仰望着天空："我终于逃出来了。"

一个箭步，叶子跃出巨兽的肚子，站在了巨兽的身体上。此时巨兽早已死亡多时，漂在了海面上。

叶子四下望去，是一望无垠的大海，不知道自己身在何方，但无论如何也比在妖兽肚子里强。

一挥手，叶子用真气排干了身上的污迹，然后对着妖兽的尸体一拜。这一拜是拜葬身妖兽之口的前辈，偶然获得了这位前辈的遗物，自己也因此获救，故应行此拜。

烈日之下，刺眼的阳光，除了一望无际的茫茫大海，分辨不出任何方向，这让叶子有些迷茫，但随后叶子就坚定下来。强者更容易坚强，正如弱者更容易软弱。

叶子从巨兽的腹中捞起一块破损的船板，扔进海里盘坐其上，放空心态开始冥想，任木板随波漂流，即使海再无边，也会有尽头，但心中的执念，却永无止境。

……

斑驳的阳光晃过叶子闭着的双眼时，叶子微微皱起眉头，然后睁开眼睛，发现不远处有一艘小渔船，一个女孩正在打鱼。女孩打鱼的方式很奇怪：她不用渔网，手中只有一把渔叉，对准目标一叉下去，渔叉便没入海中，女孩反手一抬，渔叉又从水底返回，而上面必然叉着一条鱼。

叶子饶有兴致地看着女孩打鱼，而女孩此时也看到了叶子，不由心生好奇。

"你坐在这一块木板上，是在修行吗？"女孩问道。

叶子笑了笑，摆摆手，又指了指自己的嘴。

"你说不了话？"

叶子点点头，看来女孩很聪明。

女孩也笑了笑："你要是不嫌弃，可去我家休息片刻，看你的穿着，想必在海上已经漂流很久了吧？"

女孩这么一说，叶子这才发现自己的衣服早已被腐蚀得破破烂烂，好在面前是一个女孩，要是个男人，自己这样子还真尴尬。

　　叶子有些羞涩，跃身上了女孩的渔船。女孩一笑，也不再打鱼，而是带着叶子返回了岸边。

　　……

　　叶子换好衣服，开始打量这个木屋，与其说是木屋，不如说是临时搭建的窝棚。

　　木屋搭建在一棵椰子树下。叶子走出木屋后，温暖的海风迎面而来，叶子闭上眼，深吸一口气，舒爽的感觉遍布全身。叶子睁开眼，放眼望去，面前是一望无际的大海，但海边不再像落霞岛那样遍布礁石，而是一片看上去温暖无比的沙滩。

　　叶子知道，自己已经站在了中州的大陆上。

　　"你看上去精神多了。"

　　一句话打断了叶子的思绪，叶子循声看去，在木屋的旁边，那个穿着一身粗布衫的短发女孩，正在整理一辆马车，此时正看着叶子。

　　同时，叶子对女孩还以微笑。

　　"你好像因为中毒说不了话吧？等我帮你做好解药就好了。"

　　女孩见叶子想说话，便指了指一旁处理了一半的鱼。鱼看上去奇形怪状，是一种两栖类的鱼，长有吸盘一样的四肢，却不让人觉得厌恶，反而有一种憨憨的感觉。

　　叶子听到有人可以帮自己做解药，很是惊讶，手不知不觉地放到了喉咙上。

　　女孩继续整理着手中的马车："这种鱼是解药之一，但这毒也不是那么容易解的，需要几种比较罕见的药材。"

　　听罢这话，叶子不由得皱起眉来。

　　看着叶子的反应，女孩不由得一笑："你也不必担心，最近城里有个拍卖会，正好有做解药需要的主药。不过，就看你拍不拍得下了。"叶子无法说话，只能微微一笑，心想现在的自己应该没什么买不起的。

看着女孩忙碌的背影，叶子便打量起这辆马车来：一辆普通的两轮木车，看上去有些年头了，甚至连雨棚都没有，前面拴着一匹年迈的黄鬃马，再回过神来时，女孩已经收拾好，坐在了车上。

"我们出发吧。"

叶子也不犹豫，纵身一跃，跳上马车，一屁股坐在车边的座位上，开始闭目养神。

女孩看叶子一副泰然自若的样子，不禁莞尔，然后便驾着马车往城里赶路。

"哦，对了，我叫夏敏，我知道你现在说不了话。没关系，我们路程差不多一天的时间，其间有什么事你就拽一下我的衣服。"

为了不让路途显得尴尬，夏敏这一路上嘴也没停过，开始介绍起中州的情况："中州算是人类居住的最大城池了，即便妖兽入侵后，中州王城也坚如磐石，守护着人类的安宁，这其中皇家的力量起到了至关重要的作用，王城中心的西边就是皇宫，那里是绝对不可以去的。"

夏敏见叶子并没有反感的情绪，反而一副好奇的样子，便继续说了起来："你知道吗？听说在王城的后面，有一个巨大的魔法阵，据说可以通天。我辈修行之人，哪个不向往外面的世界，若我有一日能踏入天人四重，便一定会走出去看一看外面的世界。"

叶子坐在旁边，听着夏敏的豪言壮语，想起自己曾几何时也如夏敏一样，无比向往外面的世界。可是，是什么让自己放下这一切，甘愿在落霞岛上平静地生活？或许像夏敏一样，去外面的世界看一看就知道了。

此时叶子对夏敏的印象很好，夏敏是一个没有什么心计的女孩，直爽又痛快。叶子所不知道的是，从此刻起，她和夏敏之间便多了一丝牵绊。

"中州城内是禁止动武的，但有人的地方就有江湖，帮派之间的斗争只增不减，即便在城里打了起来，只要没有涉及皇室的生意，他们也就睁一眼闭一眼。我比较怕死，不会加入什么帮派整天打打杀杀的。虽然这样做，修炼资源获得的比较少，但起码打打鱼、卖卖药，日子过得也不错。"

叶子很想告诉夏敏她的过去：她不但去过中州，还在中州生活过很久，还组建过自己的帮派，之后被并入大盛帮，自己也成为大盛帮的一员。

对于中州城，自己比夏敏要熟悉很多，无奈自己现在说不了话，也就断了打断夏敏念叨的心思，毕竟人家一番好意，怕两人路上无聊显得尴尬。

中州王城，在妖兽入侵后，便成为人类聚集最多的城市，因此做着各种生意的小贩及各个帮派都聚集在这里，便形成了如今的中州王城。繁华盛世，正所谓四面形胜，三面环海，皇城护万家；炊烟似桥，流影画幕，王城繁似锦。

但即使中州城再欣欣向荣，也会有贫富之分，富人欢喜满足，穷人忧愁嫉恨，也因此在这个弱肉强食的世界中，人们为了实力和强权，时时刻刻都在上演着出卖与背叛。

今天还是共患难的兄弟，明天可能就会血刃相见，人类的贪婪和丑恶被无限放大，叶子也因此厌倦了，才并入大盛帮，做好自己的事情，不问世事。

当马车进入中州城门时，叶子看着那些熟悉的建筑，心中百感交集，而夏敏也轻车熟路地带着叶子来到了一处旅店前。

停好马车，夏敏从车上跳了下来："我们就住在旅店吧。"

叶子点点头，也从马车上下来，四处打量着。从进城开始，就有几个人跟了过来，叶子虽不知道来者何人，但至少知道来者不善。

"你先休息一下，晚点我带你转转。"

夏敏见叶子在四处观望，以为叶子对中州城好奇，叶子也没有拒绝，犹豫了一下便和夏敏走进了旅店。夏敏并没有进房间，而是直接去采购需要的药材，只留下叶子在房间里等她。

叶子并没有在房间逗留，而是趁着夏敏出去的时候独自离开，去往大盛帮的总部。

几经辗转，叶子来到了大盛帮的山门外，却被两个守卫拦住。

"未经许可不得随意进入大盛帮！"守卫高呼。

叶子一愣，自己只不过没穿大盛帮的服饰，这守卫还不至于不认识自己。

其实守卫认识叶子，只不过此时的叶子已被大盛帮除名。

反倒是另一名守卫说道："叶师姐，你已被大盛帮除名，我们不能让你进去。"

这让叶子大吃一惊，急忙拿出自己的大盛帮令牌。果然，上面已经没有了自己的信息。

叶子怒从心头起，一定要讨个公道，随即不理两名守卫，径直往山门内走去。那两个守卫立刻拔出剑来。叶子见状，真气外放，死死压制住了两名守卫，怒气冲冲地走进山门。

此时帮派中传来一声怒喝："休得放肆！"

随即一股强大的气息传来，一个老者御空而来，落在了叶子面前。老者正是大盛帮的二长老高胜寒，他还带着一群大盛帮的弟子。

"叶子！你已经不是大盛帮的成员了，竟胆敢私闯山门？"高胜寒怒喝。

叶子因为说不了话，又急又恼，便掏出了陈锋给的文卷，丢给了二长老高胜寒。

二长老接过文卷打开看了看，冷笑一声："哼，一派胡言！"只见二长老手中真气凝聚，直接将文卷碎成粉末。叶子怒视二长老，似在质问为何如此。

二长老也没有隐晦："顾丫头早已返回门派将你的恶行上报。证据确凿，你还想抵赖？"

叶子眼中泛起怒意，既然有口难辩就直接杀进去。

而在此时，远处呼哧呼哧跑来一个人："叶师姐！"

来人正是福宝。叶子大吃一惊："福宝是怎么从蔡武的手中逃掉的？现在又怎么会在帮派里？"

"叶师姐……顾……顾师姐她……"叶子看着福宝，示意他继续说下去。

"顾师姐说你肆意屠杀隐秘门成员，还私放重犯，长老们已经一致通过将你开除出帮派……"

叶子听罢怒视二长老，二长老却是一副正义凛然的样子："怎么？连福宝当日都亲眼看到你大肆屠杀隐秘门成员，你还想狡辩？"

"我……"福宝哑口无言。

二长老不依不饶："再加上你私放重犯，本派念你对帮派的贡献，只将你除名已经够仁义了！"

福宝焦急地看看叶子，又对二长老道："二长老，这里面是不是有什么误会啊？"

"误会？证据确凿，何来误会一说！"二长老一甩袖子继续说，"我们虽与隐秘门有矛盾，但也未曾击杀过隐秘门的人，如今我们落霞岛的分部必会遭到隐秘门的疯狂报复，这里面的损失谁来负责？"

二长老又看向叶子，叶子义愤填膺。渐渐地，叶子的情绪平静了下来，"欲加之罪，何患无辞"，叶子看明白了，大盛帮这是铁了心要支持顾秀了。不过，叶子也暗下决心，她定会查明真相，洗刷自己的冤屈，到时这个大盛帮，不待也罢。叶子拿出大盛帮的令牌，深深地看了一眼，然后扔在地上，转身而去。二长老轻哼一声，伸手摄过令牌，放在手中用力一捏，令牌瞬间化作齑粉。

"叶师姐……"福宝还想挽留，但叶子去意已决，根本没有回头。

走到山门口时，叶子转回头对二长老怒目而视，意思很明显，她之后定会来讨个说法。

此刻的叶子不想表现得和福宝过于亲近，以免让福宝在帮派里受到打压，所以自始至终对福宝都是冷脸相对，只希望福宝能明白。

走出山门不远，叶子便发现前方有一个穿着红衣的女人。见到此人，叶子眼中便闪过一丝杀意。

"叶师姐，听说你没死，我就是想看看你活得怎么样。"

红衣女人转过身来，正是顾秀。一副不屑的表情看着叶子，眼中还带着戏谑的神色。

"叶师姐不必动怒，师妹来此可是想给师姐一个机会的。"

叶子虽然愤怒，但凭自己的实力，可以察觉在暗处有一股强大的气息隐藏着，这顾秀果然狠毒，特意出现在此，想让自己对其出手，好让隐藏在暗中的高手击杀自己。好在叶子的实力大增，察觉到了异样，因此才忍了下来。

顾秀确实是这么安排的，此时见叶子没有出手，她心中暗骂一句，但表面上还是一副高高在上的样子："如果叶师姐可以归顺我，我们往日的恩怨便可以一笔勾销，你还能得到帮派的重用。叶师姐，你看如何？"

叶子听到这话，眼中杀意更浓，恰在此时，一股强大的威压袭来。

"放肆！敢对核心弟子露出杀意！"

随着话音，一个老者飞奔而来，还没等叶子挣脱威压，老者隔空就是一掌。

"噗"！叶子一口鲜血喷出，强大的真气将叶子打得向后飞去。

叶子勉强稳住身形，五脏六腑皆被重伤，她抬头看去，来者正是大盛帮的大长老，天人六重强者。

原来一直藏在暗处的就是此人，而大长老也很惊讶，自己这一掌虽然没用全力，但足以要了叶子的小命，没想到叶子还能站着。

叶子也暗自庆幸，幸好自己的真实实力已经媲美天人四重，否则遭这一掌自己断然无法活命。看来这两人狼狈为奸，就想着在此要了自己的命。叶子怒视着两人，此时也没必要藏着掖着了。

只见大长老一指叶子喝道："哼！你个逆畜！帮派好心留你一命，你却想对帮派的功臣痛下杀手！"

叶子轻蔑一笑，再次吐出一口血。她擦了擦嘴角，右手已经搭到剑上，事到如今，既然撕破脸了，自己也没必要手下留情了。

刚才被大长老偷袭，叶子没想到大长老会出手，若两人真打起来，叶子也有足够的信心脱身，只不过现在身受重伤，即便是死，也要拉着顾秀一起。

大长老见叶子已经准备出刀，随即又是一掌扑来："受死！"

但就在叶子拔刀之际，一道符纸袭来，撞到了大长老的掌风之上。

"轰"的一声，大长老的攻击消散一空，而出现在几人面前的却是一个白面书生。

此人一身公子装，戴着公子帽，一副风度翩翩的样子，只是长得不咋样，毕竟人无完人。

"你是何人？敢阻我大盛帮行事！"顾秀对着此人喝道。

来人看了一眼顾秀，大长老却神色一凛："敢问可是中青帮的龙图圣君？"

"哦？大长老认得在下，真是荣幸之至。"龙图圣君的语气虽客气，行为上却一点也没有尊重的意思，甚至连礼都懒得行，这点大长老自然也晓得。

"不知龙图圣君为何要插手我大盛帮的事情？"大长老语气缓和了许多。虽然大长老不是龙图圣君的对手，自己身后的大盛帮却比中青帮强大许多。

"插手？哦，这个人我有用，还不能死。"龙图圣君指了指叶子，一副风轻云淡的样子。

大长老皱起眉来，面色很阴沉："那我若说不行呢？"

龙图圣君也没什么反应，还是淡淡地笑着，只不过放出自己的威压："你可以试试。"

大长老和顾秀承受着龙图圣君的威压，大长老还好，顾秀却咬着牙马上就要忍不住了。

"好！今天我就给你一个面子！"大长老说罢，大袖一卷，带着顾秀立刻离开了。

叶子见事情已经解决，便松开即将拔出的剑，然后径直向山下走去，留下龙图圣君一个人在那里干瞪眼。

"哎？姑娘等等，在下好歹也算你的救命恩人吧。"

叶子听到后也觉得有道理，于是回身行了一礼，又转身走了。龙图圣君满脸无奈，自己这是救了个祖宗！

其实，叶子并非不知恩图报，只是叶子一眼就看出这个龙图圣君就是那天在大盛帮矿洞和蔡武交手的人，临走时还给叶子留下了蔡武的线索。对于这种想给你线索又非要装一下的高手，叶子觉得最好的处理方式就是不理不睬。

看叶子已经下山，龙图圣君也觉得没趣，一个闪身就消失离开了，而叶子也知道大盛帮暂时不会再派人来追了。就这样，叶子一路回到旅店的房间打坐调息，让自己的伤势尽快好转。

大长老这一掌虽然没用全力，但也是趁其不备偷袭的。一个时辰过去了，叶子的伤丝毫不见好转。如果没必要叶子并不想动手，但此刻叶子能明显感到几道气息正向自己的房间围拢，这些人并没有收敛气息，似乎势在必得。

战斗开始于窗外射向叶子的一支箭。

叶子一把握住了箭，手上一用力，将箭折断，随手将断箭甩向门口，断箭穿过门击中了持刀杀手。叶子同时起身，跳上窗户，翻身到房顶，看向箭来的方向。

突然，面前跳起一人，斩向叶子。叶子双手拿剑挡住，巨大的力道让叶子后退了数步，伤似乎受到了影响。叶子捂住胸口，皱了下眉头。又有杀手追过来，叶子虚晃一招，急忙后撤逃离此处。

越过房顶，叶子下落到一处酒馆的二楼，为了节省时间，叶子径直从窗户翻进去，也顾不上正在吃饭的客人们的异样眼光，直冲向酒馆对面的窗户，借力再次上了房顶。与此同时，叶子在高处看了一下地形，便毫不犹豫地跳下来，钻入了一个弄堂里。这里地形复杂，在各个房间里穿行很容易甩开对方。叶子的判断虽然没错，但有伤在身实力大打折扣，几个来回下来，也没有甩掉几个。叶子一个闪身，跳到对面的窗户上，再往上一蹿，扒住二楼的扶手，借力跳进了三楼的房间。

动作一气呵成，叶子跳上来才发现此处是一所楼亭，一个男人正坐在中间下棋喝茶，此时正一副饶有兴致的样子看着叶子。这一愣神的工夫，身后三个追兵也纷纷跳了上来，直接挥刀砍向叶子。

"放肆！"

随着一声大喝，男子一挥袖子，三张火符直接击中三名追兵。三个杀手纷纷倒地，叶子没有惊讶，自己如果没受伤，也能如此轻而易举地解决那三个杀手。

"来，我们下盘棋。"

男子大手一挥，邀请叶子坐下下棋，叶子这才有机会打量这个男子。

又是龙图圣君，真是在哪儿都能遇到他。此时，龙图圣君一身华丽的服饰，一副不是等闲之辈的样子，如果不看他的脸的话，这长相换上一身布衣扔在人堆里，死了都不会有人注意。想到这里，叶子不禁莞尔，如果此人要对自己不利，也不会替自己解决这么多麻烦。如此想着，叶子便放松了下来，走到龙图圣君面前坐下。

龙图圣君见状满意地笑了笑，伸手示意道："请。"

叶子看了龙图圣君片刻，便拿起一颗棋子，举起手正要落子的时候，龙图圣君突然出手，一把抓住了叶子的手腕。叶子本能地挣扎了一下，却发现龙图圣君在闭目为自己把脉。

"内伤未愈，内脏损耗严重，看来大长老那一掌伤你不轻。"

说罢，龙图圣君睁开眼，看着叶子继续说道："你无法说话的毒，是怎么中的？"

龙图圣君放开了手，叶子谨慎地揉了揉手腕，盯着男子不说话。

"废话，"叶子心中道，"我要能说话会不说？"

龙图圣君似乎也意识到自己说错话了，尴尬地清了清嗓子，又说起来。

"这种毒叫青雀封喉，中毒者无法说话，并且体内真气无法集中，时间久了，功力就废了。"

叶子眉头微皱，这龙图圣君对这种毒还挺了解，但为什么要帮自己，龙图圣君却只字未提。

"姑娘如果不嫌弃，可到我府上小住几日，我也好差人帮你寻找解药。"

叶子听罢一脸蒙，这是要干吗？撩姑娘也没有这么撩的吧！见面总共没两分钟就邀请小住了？这要再认识两天不得成亲了？无事献殷勤，非奸即盗。叶子急忙谨慎起来，目光中充满了警惕。

龙图圣君见状，急忙解释道："姑娘莫要误会，我堂堂龙图圣君，自然不会做龌龊之事，只是见姑娘有侠义精神才有结交之意啊。"

叶子更加蒙了，不由得后退几步，什么鬼，这种套路恐怕连三岁小孩儿都不会上当吧。叶子当即行了一礼，转身就要离开。

龙图圣君急忙阻拦："哎，姑娘……"

叶子并没有因龙图圣君的阻拦而停下，反而加快脚步，翻身跃过围栏离开了，留下一脸茫然的龙图圣君。

"我这是哪里说错了？"龙图圣君自语，然后摇了摇头，看向一边又说，"我说错了什么吗？"

这时，从屏风后面一人踱步而出，此人正是宇。

宇苦笑一下："哎，你是道家奇才，又出身显赫，但这人啊，总有不足的一面。"

龙图圣君一愣："哦？你是在说我的个头吗？"

宇瞥了龙图圣君一眼，没有搭话，摇了摇头又走回屏风后面："总之，人呢，我看是没问题，成不成的就看你自己了。"

"哎，你等一下，你倒给我出出主意啊。"

宇不顾龙图圣君的劝阻，已经走回屏风后面了。龙图圣君叹了一口气，看向叶子离开的方向，若有所思地自语道："玄冰草啊。"

此时天色已晚，中州城中灯火通明，繁华盛世之貌在中州城体现得淋漓尽致。在最繁华的街道上有一家武馆，虽然街上热闹非凡，但进入武馆大门后，便与外面的盛世无关了。

此刻，夏敏在一个武者的指引下走进了这家武馆，阴森的走廊里灯光忽明忽暗，穿过走廊便进入了一处堂口，四周站立的人各个凶神恶煞，看着正前方的擂台上正在比武的那两个人，穿行其中，直至堂口后面，有一道被两名守卫守着的大门。而门里面，叶子坐在主桌内闭目养神，下首一个身材魁伟的男人一副坐立不安的样子，显得焦急万分。

直至门外传来守卫的一句："来者何人？"

魁伟男子急忙起身迎去开门，门分左右，打开后便见守卫正在询问引路的武者和夏敏。

"让他们进来！"魁伟男子一句话，守卫便收起嚣张的态度，急忙收回阻拦的手臂，站在一旁不再言语。当引路人带着夏敏走到他面前时，魁伟男子便挥手示意引路人离开，然后邀请夏敏入内。夏敏带着惊讶的表情看着坐在上首位置的叶子，一时间不知该说什么好。

"坐下说，坐下说。"魁伟男子急忙让夏敏坐下。夏敏这才注意到魁伟男子，感觉似曾相识，却又一时想不起在哪儿见过。

魁伟男子见夏敏的表情，便知一二，于是自我介绍道："在下董志，在中州有点产业，兄弟们给面子，都叫我一声董爷。"

经过董志的提醒，夏敏这次想起来了："你你你……你就是那个地头蛇董恶霸？"

"哎，在下也不承想会有这么多称谓，承蒙各位爱戴，董某必将再接再厉。"

董志这话说得夏敏一阵寒战，她谨慎地盯着董志，然后坐在椅子上，看着叶子，期待得到一个答案。

叶子看了一眼董志，董志这才严肃起来："在中州，人们都称我一声董爷，可世上又有几人知晓，没有在座的这位，又如何会有我董志的今天。"

这话让夏敏似乎明白了什么，她认真地看着叶子，而叶子却闭着眼，没有任何表示。

"董某虽不才，但知恩图报，你既然救了她，便是我董某的恩人。说吧，你想要什么，只要董某能做到的，绝不推辞。"

夏敏听罢，再次把目光转向董志，起身道："我救人凭的是本心，你若认为我有所图，我就此告辞。"

说罢，夏敏施以一礼，转身而去，行至门口，回头道："想必你也知道如何解毒，有一味主药玄冰草，明天在江府的拍卖会上会出售。"

扔下这句话，夏敏便离开了。对夏敏来说，她心中略有不忿，自己好心救人，却被认为有所图谋，好在自己问心无愧，既然有人接手了，离开便是。

待夏敏走后，董志看向叶子。叶子这才睁开眼，看着夏敏离开的大门处。

"老大放心，我已经差人散布消息，就说是夏姑娘贪图财物才救你一命，以此谋得报酬，定不会牵连到夏姑娘。"叶子点了点头。

董志继续说道："至于明日拍卖会资格，我自会搞定，就算是抢，也要把玄冰草弄到手。"

叶子挥了挥手，让董志离开，董志也知趣地告辞而去。叶子靠在椅子上沉思：从在落霞岛蔡武束手就擒开始，一切就变得不一样了，看来自己手中掌握的证据已经足以让某些获利者出手。自己本想退隐江湖，但没想到有人非要置自己于死地，既然如此，倒不如高调回归，让那些背后下阴招的人也知道知道，我叶子也不是软柿子。此时，叶子心中也有了自己的打算。

翌日，董志带着叶子和几个随从如期参加了江府的拍卖会。为了掩人耳目，他们特意坐到了靠后的位置。放眼望去，前面还有三桌人，董志看叶子盯着前面看，就介绍了起来。

"前面第一桌是中州言组的人，据说有皇家背景，算是准一级势力了。"董志偷偷指着最前方左手边的一桌说道。然后又看向第二桌，小声对叶子介绍起来："这和旁边的一样，都是老牌的准一级势力。"说着又看向第三桌，"这两家算是比较和睦，言组这两年势力扩张很快，触碰了多方的利益，基本上算是众矢之的了。""至于坐在我们这边的人，基本都是些二三级势力及一些散修。"

叶子点点头，董志继续说起来："您好几年没回中州了，现在中州已经不再是我们的天下了。不过，我们倒是可以重新把旧部集结起来。"

就在这时，一个身材火辣的女子优哉游哉地走到最前面，一身雍容华贵的打扮，把身材勾勒得凹凸有致，瞬间就吸引了众人的目光。

女子见众人已将目光移过来，于是便拍了拍手："各位，欢迎来到江府的拍卖会，小女子江娇将为各位主持这场拍卖会。

"各位也不是第一次来我江家的拍卖会了，规矩也不多说了，价高者得。当然了，今天我们仍有压轴的宝物，各位可是要准备充足一些哦。"

此时下面鸦雀无声，江家能在中州举办拍卖会，也是有一定的实力和关系的，若无必要，一般势力也不愿意和江家起冲突，更何况今天来的还都是些准一级势力。

"今天的第一件拍卖品是……"

随着拍卖品被叫卖，竞价者也在不断出价，叶子对这些东西都没兴趣，干脆闭上眼假寐。董志也偶有出手，拍下一些自己需要的东西，整个拍卖过程顺风顺水，倒是难得。

"下一件拍卖品——玄冰草，相传此草生长在冰层深处，孕育百年方成此形，此草虽极寒，却极珍贵，很多极品药方中都需要此草作为主药。想必也不用我过多介绍了。各位，出价吧。"

江娇话音刚落，竞拍者就争先恐后地报价。叶子看着江娇手中的玄冰草，犹如冰花一般晶莹剔透，枝叶中甚至还流淌着水波，整个房间的温度甚至都因此下降了许多，可见其寒性之高。

"四千五百金！"

此时坐在前排言组的一位老者出价，随即站起来四下行礼道："各位，各位，在下言组势力，高盼，急需一味玄冰草，还请各位高抬贵手。"

言组的人发话，其他人为了避免矛盾也就没有再出价。江娇见此心生不满，但又忌惮言组势力，也只能默认此行为。

见江娇不说话，高盼又补充道："老夫也没让你们江家吃亏，这个价格基本上也算是此草的上限了。"

江娇见高盼话已说死，只得开始倒数："四千五百金一次！四千五百金两次！四千五百金……"

"等等！"

江娇的话突然被打断，众人回头看去，只见后排一个粗犷的男子正举着手，正是董志。

"四千六百金！"

随着董志的再次报价，场上的气氛变得凝重起来，人们开始交头接耳，都在议论董志一行人的身份，居然敢和言组抢东西。

言组的高盼眯起眼睛，仔细盯着董志："敢问阁下是哪门哪派？"

"无门无派！"董志答道。

此时坐在前排另外一桌的一个人仔细盯着董志，总觉得似曾相识，但一时又想不起来。

高盼一拍桌子，怒喝："无门无派也敢抢我们言组想要的东西！"

董志也不惧，站了起来看着江娇问："怎么？江家的拍卖会不是价高者得吗？"

江娇莞尔："四千六百金！还有出价的吗？"

"你……"高盼指着江娇，然后瞪了一眼董志，一挥袖子哼了一句坐下不再说话。

"四千六百金一次！"

"四千六百金两次！

"四千六百金三次！"

江娇第三次报价结束后，再也没有人出价了。

交接完手续，叶子一行人也不等剩下的拍卖品了，径直离开了拍卖会。他们也没有避讳，而是光明正大地走在街上。

街上人来人往热闹非凡，可随着叶子几人越往前走，街上的人越少，他们也越发觉得事情不对劲儿。

远远地，叶子就看到对面街上站着一群人，为首的正是言组的高盼，身后站着十几人，各个凶神恶煞，一看就来者不善。

叶子停下脚步，盯着高盼，高盼不怀好意地笑了笑："嘿嘿，想必你也知道我们为何而来吧。"

此时高盼背着手，溜达到叶子面前，围着叶子转了一圈，似乎在打量什么，再次转到叶子面前，高盼伸出手夹起叶子的一绺头发，放在鼻子前深吸一口气，一副陶醉的样子。

叶子也不含糊，直接抽剑劈下，高盼的动作僵在原地，片刻之间，面门处一道血印浮现，连话都没说出一句便仰面倒下了。

言组的人都惊呆在原地，没想到对面的人说杀就杀，杀的还是自己帮派的三长老，众人一时间有点不知所措。

与此同时，在两拨人旁边不远处一个茶楼二层包厢里，龙图圣君和宇也被震住了，两人几乎同时站了起来。

"好血性啊……"龙图圣君赞叹了一声。

"这样恐怕不好善后啊……"宇摇了摇头，"言组虽然不算顶级势力，但有皇家的背景在，也不是什么人说杀就能杀的啊。"

"无妨，且看看她怎么应对吧。"龙图圣君背过手，展现出大家风范，再次把目光锁定在叶子身上。

高盼已经倒在血泊之中断了生机，这时言组的人才反应过来。

"大胆！敢对言组的人动手！"一名言组成员抽出刀来，大喝一句，就要冲向叶子。

这时，远处一声长啸，一根长枪从远处飞了过来，径直穿透那名言组成员的胸膛，以长枪为支撑，将他钉在地上，此人便断了生气。

言组众人纷纷掏出武器，同时他们也看到在叶子身后，一众人浩浩荡荡走来。为首之人身材消瘦，仰首挺胸，头上系着头带，衣服敞着，腰带散搭在腰间，一头乱发也不梳理，一副玩世不恭的样子。他走到叶子旁边，对叶子深施一礼。

"曾子青见过大姐！"

说罢，曾子青一把握住自己的长枪，往回一抽，那名钉在长枪上的言组成员被顺势挑飞，落在言组众人之中。曾子青扛着长枪，面无表情地看着言组众人。

"大姐，都宰了吗？"曾子青问道。

还没等叶子回答，远处传来一声怒喝："我看谁敢动我言组！"

众人应声看去，不远处一群人气势汹汹而来，显然是来支援言组的。曾子青见状，将长枪落下，支在地上，一步跨到最前面。对方支援的人也来到了面前，双方剑拔弩张。

"人……是谁杀的？"为首的中年男子双目欲裂，恶狠狠地问道，此乃言组的大长老。

只见曾子青大拇指指向自己道："老子杀的！有意见？"

"好你个小贼！你可知道杀的是谁？"大长老怒喝。

曾子青一副满不在乎的样子："我管是谁，轻薄我大姐，皇帝老儿我都敢杀！"

"好！小畜生！今天你们就死在这儿吧！"

言组大长老拔出刀，和曾子青对战在一起。其他人也没闲着，几乎同一时间就混战起来。

场面甚是激烈，但言组的人数毕竟要少于叶子他们，没几个回合，言组的人就死的死，亡的亡。

"大姐，全清理了。"董志抹了一下嘴角的血说道。

曾子青也挑着枪走过来："哼，一群土鸡瓦狗也敢造次！"

叶子全程没有出手，董志乃是天人二重中期的强者，而曾子青更是天人三重的巅峰强者，对付一群最高天人一重的杂碎，那还不是手到擒来！

叶子点点头，一挥手，这些尸体上的空间袋纷纷落入叶子手中。之后，叶子转身便走。

"嘿嘿，还是跟着大姐打架最爽！"曾子青笑道。

就这样，众人一走了之。

龙图圣君站在酒楼里，饶有兴致地看着远处："这个姑娘不简单啊。"

"比人多咱们也行。"宇似乎对此很不屑。

"我第一次见这个姑娘的时候就发现她所中之毒需要玄冰草作为主药之一。"

宇点点头："嗯，事后你还让我查一下哪里有玄冰草来着。"

"随后你便查出第二天江家的拍卖会会有玄冰草出售。我想，但凡在中州稍微有点势力的帮派都能轻松得到拍卖品名单。"

宇听罢思索了一下："你的意思是，既然能得知拍卖品名单，那要知道有哪些人需要玄冰草应该也不是难事？"

龙图圣君看了看宇，满意地点了点头："没错，哪有那么巧合？那么难寻的玄冰草，在有人需要的第二天就出现了，看来是有人做了一个大局啊。"

"你的意思是有人故意让她和言组结仇？"宇问道。

龙图圣君点了点头。宇琢磨了片刻："是隐秘门干的？"

龙图圣君摇了摇头："隐秘门还没这个能耐，这后面必有蹊跷。"

龙图圣君想起叶子被逐出门派的事，再加上拍卖会的事，发觉事情并没有自己想象的那么简单。

"看来是时候去帮一下那个丫头了。"龙图圣君看着远方说道。

宇不解："我们中青帮向来不问江湖事，你怎么突然……"

龙图圣君看向宇，神秘一笑："当然是为了我们中青帮的千秋大业了。"

叶子几人回到了董志的武馆。很显然，他们也意识到了事情不一般。

"这株玄冰草，看来是有人故意放出来的。"董志拿着玄冰草，脸色阴沉得很，感觉自己被人算计了。叶子靠在椅子上一言不发，似乎在想什么。

"大姐，我也觉得事有蹊跷，怎么就这么巧，我们要玄冰草，拍卖场就有玄冰草，而且还有人和我们抢。"曾子青道。

"不会是那个夏敏搞的鬼吧？"曾子青看向叶子。叶子摇了摇头，否定了曾子青的想法。

"我觉得也不会，这么明显的伎俩……"董志正要解释，突然想到什么，"等等，大姐之前在卷宗里描述过那个夏敏似乎提前就知道拍卖会会有玄冰草。"

"不是她。"此时一个神秘的声音传来。

众人一惊，急忙抽出武器，面对声音传来的方向。

此时在房间的阴暗角落里，龙图圣君缓缓地走了出来。

"你是什么人？"董志喝道。

叶子见是龙图圣君，知道此人没有恶意，便放下了武器。董志和曾子青见状感到很奇怪。

曾子青问道："大姐，你认识他？"

龙图圣君也不认生："自然是认识，有过一面之缘。"

"你是怎么进来的？"董志的语气缓和了许多。

"我乃天人高阶，出入你们这种最高只有天人低阶的地方，和入无人之境有何区别？"龙图圣君一副扬扬自得的样子，让那几人不由得恼火。不过那几人也确定，龙图圣君确实没什么威胁。否则，他早就动手了，也不会现身说话了。那几人都是心智过人之辈，便放下了武器，但仍然对龙图圣君保持警惕。

龙图圣君也看出了那几人的心思："你们不必如此警惕我，我来此是要助你们一臂之力的。"

"哦？此话怎讲？"董志问道。

"先自我介绍一下。"龙图圣君道，"我乃中州中青帮帮主杨龙图，封号龙图圣君。"

"我中青帮在中州并非名门大派，甚至不值一提，之所以助你们，是我中青帮发现了一处新的秘境。"

"这与我们何干？"董志感到很奇怪。

"诸位可听闻过大盛帮矿洞走私之事？"龙图圣君也没有隐瞒，如实道来，"矿洞盛产黑铁矿石，走私者将其高价出售至西域世界，以牟取暴利。"

"大盛帮傻吗？不会自己与西域世界交易？"曾子青说罢，偷偷瞄了一眼叶子。

"西域与中州向来敌对，更何况中间还隔着热沙荒漠，那里土匪横行，旁边又有妖兽虎视眈眈，若没有一定的渠道，正式交易无法完成。"

龙图圣君见几人没有说话，而是一直在听，便继续说了起来："况且，现在走私已经形成规模，涉及的各方人士数不胜数，再想控制已经很难了。"

董志略有所思地说道："杨帮主的意思是，为了避免中青帮的秘境重蹈覆辙，所以想一举清除走私组织？"

龙图圣君点了点头："正是此意。"

"那杨帮主好像帮错人了吧？"董志看向叶子，"我们大姐并不关心什么走私不走私的事。"

"非也。"龙图圣君信心十足，"叶姑娘可知自己为何不断被追杀，还被做局与其他帮派为敌？"

这也是叶子感到奇怪的事，于是她便看向龙图圣君，示意其继续说下去。

龙图圣君道："我虽不知叶姑娘和大盛帮有何恩怨，但我追查蔡武数月有余，起码确定他和走私组织有关。叶姑娘押送蔡武时被设计，说明有人想除掉叶姑娘，那么叶姑娘必然发现了其中的隐秘。"

叶子思索了一下，本能地摇了摇头，否认了龙图圣君的想法。

但龙图圣君并不这么认为："从你回大盛帮被强行逐出帮派开始，事实就已经很明显了，你们大盛帮必然有人参与其中，而且被你知晓了。"

叶子此时恍然大悟，立刻站了起来，没错，顾秀！原来如此。

叶子本以为顾秀杀自己是因为队长的职位，但自己大难不死之后遭遇各种杀身之祸，本以为顾秀是防着自己报复，没想到是因为自己知晓了顾秀与蔡武之间的关系，害怕自己顺藤摸瓜查出真相。

"而你被逐出门派，就更能证明，大盛帮参与其中的人必然职位不低。"龙图圣君又补充道。

叶子这才搞明白，皱起眉头，事情看来并不只复仇那么简单。要想复仇，就必然要与走私组织为敌，难怪龙图圣君找了过来。

"你若想查出是谁要谋害你，我可以助你。"龙图圣君看着叶子，继续道，"我们的目的虽然不一样，但是我们的敌人是一样的。"

董志和曾子青看向叶子，等待着叶子的答复。不得不说，一个天人高阶的强者加入，可以大大增强己方的实力。犹豫再三，叶子终于点头答应。

这时，董志问道："那么返回之前的话题，杨帮主为何说玄冰草之事不是夏敏所为？"

"呵呵。"龙图圣君狡猾的一笑，"因为夏敏是我的人。"

"什么？"三人都瞪大眼睛看着龙图圣君。

龙图圣君被看得有点尴尬："夏敏是我的暗哨。不过，救了叶子确实是巧合。"

众人没有在这个问题上过多纠结，而是立刻讨论起如何才能占据主动。总体来看，目前大家仍然处于被动状态，甚至不知道是谁在针对他们。唯一的线索就是蔡武，而顾秀又躲在大盛帮中不肯露面，几乎不可能从她那里获得突破。于是，众人决定先从蔡武着手。

"话虽如此，我们怎么去找？难道去落霞岛搜？"曾子青问。

"这事要从长计议。"龙图圣君说道，"不管是打探消息，还是复仇，首先要有个身份。"

"什么意思？"

"先加入佣兵殿。"龙图圣君一副自信满满的样子，"有了佣兵殿的背景，寻常帮派就轻易不敢针对我们了。"

董志却一副不屑："佣兵殿？那是你说加入就能加入的？"

但龙图圣君仍然一副自信的样子，这才让董志想到，龙图圣君本就是一帮之主，而加入佣兵殿的条件就是必须由门派高层引荐加入。

"我倒是忘了你是个帮主……"

"走吧。"龙图圣君一歪头，"先去佣兵殿。"

几人互相看了看，感觉这似乎是个不错的选择。

……

第三章

不拘形迹　共济风雨

中州，佣兵殿据点。

这些据点很是隐秘，一般除了佣兵本身，便只有门派高层知晓。倒不是佣兵殿多么神秘，而是加入佣兵殿的人来自各个门派或江湖散修，而佣兵殿的任务又针对各个门派，因此加入佣兵殿的条件就比较苛刻，必须经过严格审查，防的就是以权谋私。龙图圣君自然知晓这些据点。

"嗯？商行？"曾子青抬头看了眼面前的建筑。

龙图圣君淡然一笑，显然，这个据点是以商行作为掩饰的。四人走进商行，客人不是很多。几人来到柜台前。这时，一名女招待迎了过来。

"客人，有什么需要我帮忙的吗？"

女招待面容清秀，脸上挂着职业性笑容。

"我找你们管事的。"龙图圣君轻声说道。

"哦？客人找我们掌柜，可是要交易重要物品？"女招待问道。

"算是吧。"龙图圣君点点头。

女招待眼前一亮道："那公子请稍等。"

在她看来，商行是来了大客户了，如果谈成，自己必会得到一大笔奖赏。

不多时，女招待与一个中年人快步走来，中年人面容肃穆而稳重，沉声问道："不知客人需要些什么？"

龙图圣君点点头说道："万株心草，千株眼须。"

中年人一听，面色严肃起来。

"公子要交易的商品确实珍贵，请到后堂贵宾室稍坐。"

在中年人的带领下，龙图圣君几人进入后堂。中年人关上门，巡视了四人一眼问道："敢问四位由谁引荐来此？"

龙图圣君也没说话，而是拿出一块令牌交给中年人。

中年人点点头，随即也拿出四块令牌，交给四人，并嘱咐道："将你们的气息注入其中，便可以成为佣兵了。"

"这么简单？"曾子青惊讶，没想到成为佣兵如此简单。

中年人不屑："佣兵殿向来不问佣兵的出处和姓名，你们现在只是一级佣兵，可以在公开的佣兵殿交接任务了。"

"佣兵都是经过各门派严格筛选的人，为了避免假公济私，佣兵殿自然不会多问佣兵的来历，但如果佣兵违反了佣兵殿制度，相关门派可是要受到佣兵殿惩罚的。"龙图圣君补充道。

"没想到佣兵殿的权力还挺大。"曾子青这才明白是怎么回事。

"佣兵殿是独立于各个门派之外的体系，不参与各门派事务，但各门派可以在佣兵殿发布任务，哪怕是针对敌对门派的暗杀都可以。"龙图圣君道。

"那佣兵殿就不怕门派报复？"

"佣兵殿是皇室机构，门派是有多么不开眼才会报复佣兵殿？"董志不屑地说道。

这时，中年人也不耐烦了。

"好了，从现在起，你们就是佣兵殿的一员了。"

"待会儿去预备室挑选好队员，即可出发执行任务了。"

"队员？"曾子青皱了皱眉头，"不能单独行动吗？"

"不能。"中年人回答道，"佣兵殿的任务向来危险，至少五人才能成行。"

"只有二级以上的佣兵，拥有足够的实力，方能独自行动。"中年人又补充道。

佣兵殿此举的目的，是防止某些心高气傲之辈，初加入佣兵殿就肆意行动，白丢了性命。佣兵殿的职位，是靠功绩一步步上升的。规矩如此，几人也无可奈何，但佣兵殿有正式的编制。要组成新的分队，就必须组齐五人。

……

就这样，龙图圣君他们几人来到预备室。这里，早有数十人在等待，都是经过层层筛选，确认身份没有问题的人。龙图圣君他们几人的出现，瞬间就吸引了他们的目光。

"哟，又来了四个人？有两个好年轻。"

"估计又是某个大势力的公子哥吧。"那几人议论纷纷，声音压得很低。

佣兵殿向来以拳头说话，叶子几人也懒得和这些人计较。

龙图圣君巡视了一下，便问叶子："叶子，你想让哪个人加入我们小队？"

"你是谁啊？"其中一人沉声说道，"你说挑就挑？你以为你是谁？"

龙图圣君笑了笑，不语。只见叶子伸起手来指向一个站在暗处的年轻人。

此人一身短打扮，一看便是善于隐秘行动之人。

那人却似乎不太领情："哼，一个凡人阶段的家伙，我玉猫还不屑与你为伍。"

"呵呵，那你可敢赌一把？"董志此时看着这个叫玉猫的人，"我赌你在她手下撑不过三招。"

这句话激怒了玉猫，武者的尊严使他不允许别人说出自己比别人弱的话。

"哈哈哈，好啊，赌就赌，我也不欺负你们，你们若输了，你们四人就由我指挥。"

"一言为定，你若输了，就加入我们。"董志微微笑着。

"哼。"玉猫冷哼一声，"上台！"

在预备室内，中间有一座小型擂台，显而易见，有矛盾都在这里解决。

玉猫率先跳到台上，这也吸引了所有人的目光，但几乎所有人都不看好叶子。

"瞧你这小胳膊小腿儿的，都不够老子一顿劈的。"

"看，那不是之前和公子哥一起的姑娘吗？这是要上去挑战玉猫？"

众人看向走向擂台的叶子，纷纷起哄：

"玉猫，把她轰下去。"

"玉猫，别给我们丢人啊。"

"对方可是女人，怜香惜玉一点啊，哈哈。"

众人议论纷纷。叶子闻言，并没有理他们，而是走上了擂台。佣兵队长选择队员，就必须有足够的实力震慑手下。

擂台上，玉猫冷笑道："小丫头，听到他们的话了吗？"

"要么自己滚下去，要么老子轰你下去。"

叶子充耳不闻，站在原地，只是慢慢地把手放到剑上。

"嗯？"玉猫皱眉道，"怎么，你是聋子吗？"

叶子脸色变得冷酷，直视玉猫。下一秒，只见她身影一动，瞬间来到玉猫面前，剑尖直指玉猫的咽喉。玉猫愣是没反应过来，当然下面起哄的人也没反应过来。

"哼。"玉猫冷笑一声，一转身闪开了抵住咽喉的剑尖，"我说开始了吗？找死！"

下一秒，玉猫突然消失在原地，又瞬间出现在叶子身后："受死吧！"

但接下来，玉猫的笑容瞬间凝固，原本的轻蔑之语，卡在了喉咙，极为难受。叶子的剑不知道什么时候再次抵住了玉猫的喉咙，只要玉猫往前挪动一分就会身首异处。叶子冷冷地盯着玉猫。

"我……"玉猫已经意识到眼前的人惹不起。

"哼。"叶子冷哼一声，反手用剑柄一撞，将玉猫撞出擂台。

这时，董志看着众人说道："你们还有谁不服？"

冷酷的双眼扫视了众人一眼，之前对他们冷嘲热讽之人，目光躲躲闪闪，不敢直视。玉猫从地上爬起来，摸摸自己的胸口，还在隐隐作痛。但输了就是输了，作为武者，这点觉悟还是有的。

"我输了，我加入你们小队。"

叶子满意地点点头。曾子青也不见外，一把搂住玉猫："兄弟，以后哥几个就是自家人了。"玉猫尴尬地点了点头。

这时，龙图圣君说道："在以后很长的一段时间内我们都是同伴，出生入死，性命相托。"就这样，叶子总算凑齐了五人小队。

离开商行，叶子几人来到不远处的佣兵殿，各自分散去准备应用物资，而叶子也跑去查看任务，希望能得到一些有用的线索。目前叶子手下的五人，除自己之外，就数龙图圣君修为最高，天人阶段，那是远超凡人的境界。

天人之后就是天仙境。要说天仙之后的境界，有人说是天极和无极，但至少在中州不存在这样的强者。排在龙图圣君后面的便是曾子青，有着天人三重的战力，董志有着天人二重的战力，而新进的玉猫只有天人一重的战力。不过，叶子给玉猫的定位是侦查，所以修为低点也好，主要是身法灵活，所修的技能也是以隐秘为主，这才是叶子看中的。五人的实力参差不齐，在选择任务时，叶子也需要斟酌一番。太简单的任务执行起来没有意义，太难的只有自己和龙图圣君能应付，又起不到作用。当然如果能找到线索，不管多难的任务叶子都是要接下的。这时，身边其他的队伍纷纷侧目，看向叶子这边，有的甚至不加掩饰地嘲笑起来。

"凡人境的队长，这个队得弱成什么样。"

"估计只能接一些山匪路霸的任务吧。哈哈！"

"去皇室打扫卫生也行，也能长长见识。"

叶子完全无视那些人的冷嘲热讽。

佣兵殿虽是隶属于皇家的势力，但在这个实力唯尊的世界，不管在哪儿，人们都不会对弱者客气，哪怕是佣兵殿。叶子五人此时也只是一级佣兵，在完成一定的任务获得一定的积分后才能升级为二级佣兵。二级佣兵理论上是可以自己单独行动的，不过大部分二级佣兵还是更愿意组队行动，这样他们可以接一些更高级的任务，完成任务的效率也会高很多，晋级的机会也会更多。佣兵的等级一共九级，成为四级佣兵后便有权限查询佣兵殿的资料，这些资料都是皇室记录的各地发生的各种事件，算是极为隐秘的资料了。成为六级佣兵后，便可作为佣兵殿的正式编制人员执行任务，这些任务都属于机密任务。成为九级佣兵后，权力已经不亚于一个门派的长老了。九级佣兵的实力没到圣帝境界几乎不可能达到，而拥有圣帝的实力，随便在哪个门派都是长老的职位，能享受到的资源比佣兵殿要多得多。所以说，大部分人都不会选择成为九级佣兵。

叶子了解了一下佣兵的规则后，又翻看起发布的任务。突然，有一项任务引起了叶子的注意。随后，叶子拿出一份任务单。

通缉蔡武！叶子急忙打开案卷阅读起来。

蔡武，于一日前叛出隐秘门，血洗隐秘门全帮派成员。

于当日晚又血洗落霞岛月落商会，之后逃往中州，集结大批亡命之

徒，藏身密林。

任务目标：杀死或活捉蔡武。

这是一份佣兵殿内部发来的任务简报。叶子毫不犹豫地登记了此任务，然后立刻召大家集合并把任务分发给大家。

"真是想什么来什么啊。"龙图圣君看着任务简报，心中生出一丝不安。

"会不会是圈套？"董志问道。

"如果是的话，那这个圈套的代价也太大了。"龙图圣君摇摇头，"任务是佣兵殿内部发布的，应该假不了。"

"这事儿是不是太顺了点儿？"曾子青也觉得奇怪。

"你们在说什么？"只有玉猫懵懵懂懂的，不知道几人在说什么。

"不管怎样，我们也要去探探。"董志说着，又看向曾子青，"子青，传信给夏敏，解药之事谨慎行事。"

"嗯。"曾子青应下。

几人互相对视一眼，转身便往城外走去。这个任务，一定要比其他佣兵先完成。

……

中州城一千里之外，死水沼泽外围，树木花草皆为黑色。令人惊讶的是，整个森林没有白天黑夜，还常年飘浮着一种黑雾，只不过这种黑雾并没有毒性，反而对修炼有利。

武者在这黑雾中修炼，可以快速增长修为，但也有副作用。那就是，如果

待的时间过长，心智就会迷失，变得嗜血。

渐渐地，就几乎没有人再去死水沼泽外围修炼了。很久之前有位成名已久的强者曾经去死水沼泽外围探索过这种黑雾。经他查探，发现那些黑雾乃是由天地灵气凝聚而成的，顺带着也将空气中的污浊、杂质带了过去，最后凝结成灵气乌云。之所以呈现黑色，就是因为空气中的杂质。但这并不影响武者吸收黑雾内浓郁的天地灵气。至于时间久了为何会迷失心智，这位强者却没有多说。

叶子一行人，此时已到达死水沼泽外围。

"看，那就是死水沼泽外围了。"龙图圣君指了指远处。

"啧啧，还真是闻名不如见面。"

"叶子，我们快些赶路。"曾子青满脸惊喜之色。

"我听说，森林里的黑雾对武者修炼大有裨益。而且它能让修为快速增长，但似乎有什么副作用。"董志说道。

"嗯，可以让武者迷失心智。"龙图圣君接过话茬儿，"所以如果没必要，尽量不要吸收森林中的黑雾。"

叶子也点点头，表示认同。此时，众人已到达森林边缘，一眼看去，整个森林就像一个黑白世界。众人就站在黑白与彩色交接的地方，感觉甚是奇特。

此时，叶子看了一眼龙图圣君，随即点了点头。龙图圣君这才对大家说："好了，我们准备进入吧，两人之间保持一里左右距离，横向散开。"众人立刻变得严肃起来，纷纷点头会意。

"唰"的一声，五人四散开来，进入了死水沼泽外围。

这是一片辽阔的森林，虽然武者在此修行会迷失心智，但妖兽不管这些。有的妖兽本身实力并不强，但在森林待久了，也会变得不好对付。倒不是说妖兽的修为有多高，而是本来就低智的妖兽更容易迷失心智。迷失心智的妖兽哪怕对上高一个境界的武者，也能将其击败。

山林内也聚集了不少山匪流寇。这些山匪多数都是自暴自弃的武者，自愿被迷失心智变得嗜血嗜杀。叶子双眼一眯，直视密林深处。蔡武能被佣兵殿注意到并发布击杀任务，想必其中绝不简单。先不说蔡武区区一个凡人九重能不能全灭隐秘门，单是这种叛宗的行为就足以让蔡武一死。所以，说蔡武灭了隐秘门，叶子是打死都不会相信的。

这个任务还被佣兵殿列为一级任务。也就是说，这是入门级任务，一般的佣兵是不会接受这类任务的。佣兵殿的任务等级是和佣兵的等级挂钩的，哪怕你小队里有一个人等级不够，这个任务都无法被记录在令牌中。而作为新的佣兵小队，随便做几个探查类任务就足够升为二级佣兵了。

想罢，叶子收回目光，身影一动，入了密林。大半个时辰后，叶子进入了密林深处百里左右。叶子明显感觉到，前方有密集的气息，证明前方有人。

"嗖"，叶子身影一闪，快速跃到某棵大树上。叶子看向下方，这里像极了山寨土匪窝。里头站哨的武者都在凡人境阶段。叶子观察着，寻找蔡武的身影，如果可以，叶子会生擒蔡武，她要知道顾秀到底有什么秘密。可是，还没等叶子寻到蔡武，就突然听到两声爆响。

叶子顺势看去，树下的两个山匪被突如其来的两张符纸引爆，此时已经变成两个火球在四处乱窜。

"什么人？"周围站哨之人警惕地拔出了武器质问道。

这时龙图圣君御空而来："你们不配知道我是谁，蔡武在哪儿？"

"哼。"一个武者冷笑道，"蔡武大人是你想见就可以见的吗？"

叶子见状也没必要再隐藏了，也顺着大树落下，站在了龙图圣君身旁。她顺便还瞪了龙图圣君一眼，怪他提早暴露了身形。

龙图圣君反倒不以为然："哈哈哈，叶子，蔡武不过区区一个凡人，哪怕是天人，他也逃不出我的手掌心。"

"哼！无视我们，还敢在这儿打情骂俏！"一个山匪叫嚣道。

"给我宰了他，不，活捉，等蔡武大人回来，慢慢教训他。"

"是。"周围站哨武者瞬间出手。

"嗯？"龙图圣君皱了皱眉头，"回来？难道蔡武不在这里？"

"死到临头还这么多废话。"那武者冷笑，说罢就一刀劈了上来。

龙图圣君也不恼，仅用真气就禁锢了冲来的武者。

这武者大惊失色，知道自己遇到高人了："别……别杀我，我错了……"

"你刚才说什么？"龙图圣君再次问道。

"我说我错了……"

"前面那句！"

"那个……死到临头还……还那么多……"

"再前面那句！"

"还……还敢打情骂俏……"

"不是这句！"

"爷爷，您有啥要问的就直说吧……"

龙图圣君很无奈："你说蔡武不在这里？"

被擒住的武者立刻说："蔡武大人不在，半个时辰前刚离开……"

"去哪儿了？"

"说是有武者进了黑森林，要去收拾了他们……"

"什么？"龙图圣君眉头再次一皱，"有武者？"

曾子青和董志他们可是……

"混蛋！怎么不早说！"龙图圣君脸色一变，大手一挥，施毒术直接让周围的山匪化作了一片血雾。叶子和龙图圣君身影一闪，瞬间赶往曾子青和董志所在的位置。两人一路飞跃，实力全开，速度快到了极致。不过十几分钟，就来到了董志的位置附近，可是这里毫无人影。

"放心，没见到尸体，说明人还活着。"龙图圣君安慰着叶子。

叶子也很冷静，但远远地，已感知到一股不安的气息。

两人赶往曾子青的位置，同样毫无收获。同时，玉猫也消失不见了。偌大的森林，弥漫着一股肃杀和沉寂的气息。

"人呢？"龙图圣君正纳闷的时候，叶子似乎想起了什么，转身疾驰而去。

龙图圣君见状，也急忙跟上。没过多久，两人便回到了之前的山匪营地。偌大的营地，现在却空无一人。叶子立刻放出感知，果然在营地后面，叶子感受到了几丝微弱的气息。

叶子和龙图圣君立刻赶了过去，入目所见，董志、曾子青和玉猫悉数被擒。有气无力的他们被绑在地上。另一边，是一个凡人十二重的山匪。而最前方，是一个脸色阴鸷的人，正是蔡武。

"哈哈哈哈。"蔡武阴冷大笑，"你们三个今天岂有命活？"

"哼，今天栽在你手里，老子认了。"曾子青骂道，"别让老子活着离开，不然，我必要了你的狗命！"

蔡武抬手就是一掌，曾子青被打得吐血不止。

"聒噪！"

"蔡武！你现在已经是佣兵殿的通缉犯了，在你酿成大祸前，罢手吧！"董志说道。

蔡武不以为然："哼，佣兵殿这群废物能对付我？"蔡武不屑一笑，看向董志等人。

"你们不就是佣兵殿的走狗吗？还不是像死狗一样被我擒住了。"说着，蔡武露出了阴鸷的表情。

"哦，对了，佣兵殿一支小队五人，还有一个队长和一个队员才对。"

说着，蔡武吩咐左右道："去找一找，可别让这两只老鼠逃了。"

恰在此时，两道身影瞬间袭来。"不必了。"龙图圣君身影落下，淡淡地说道。

蔡武看向面前之人，皱眉道："龙图？"

然后又看向龙图圣君身边的人，突然大吃一惊："叶子？"

没错，正是叶子。

"大姐！"曾子青先是一惊，而后大呼，"大姐！蔡武这个疯子已经是天人七重的修为，我等不是他的对手！"

"想跑？没门儿。"蔡武大喝一声。

他的手下，瞬间包围了叶子等人。

"哼。"叶子冷哼一声，拔剑一挥。

无数道剑气劈出。曾子青等人身上的绳索瞬间断裂，只是曾子青等人却无力地跌倒在地。

曾子青咬牙道："大姐，没用的，别管我们，我们中了失真散，修为都被散去了。"叶子点了点头。而后，一股真气传入众人体内。

失真散，呈粉末状，用于口服，可在短时间内压制武者的修为，但它对天人中阶的武者几乎没有效果。再加上是口服，因此这种东西的使用并不方便。但是如果被擒住强行喂下，可以防止被擒的武者逃走倒是真的。

"没用的。"蔡武不屑一笑，"我的失真散，岂是你的真气能破的。"

果然，叶子传入众人体内的真气被一股奇怪的力量散去。这些力量，便是失真散。叶子冷笑一声，开启寒冰之力，一股极致的寒冷传入曾子青等人体内，瞬间便困住了失真散的药力。下一秒，众人便恢复了修为。

"怎么可能？"蔡武大惊。

"没什么不可能的，蔡武，你是乖乖配合，还是自寻死路？"龙图圣君盯着蔡武，手中的真气已经凝聚，随时可以攻击。

"想让我束手就擒？"蔡武大喝一声，"拦下他们！"身边的手下就要出手。

"禁。"龙图圣君低喝一声。

周遭天地灵气瞬间涌来，禁锢了这数人。蔡武的手下，最强的不过天人一重，对付他们，龙图圣君甚至连武器都不需要用到，真气禁锢就够了。而此时被解放修为的曾子青等人也和其他山匪战在了一起。

蔡武没有出手，而是看着叶子："叶子啊，你可真是死不罢休。"

叶子此时已经拔出剑来，做好了战斗准备。但叶子确实很好奇，蔡武在前阵子还是个凡人境，怎么没过几天就已经达到了天人七重？叶子觉得自己的奇遇已经算是上天眷顾了，让自己实际的实力提升到了天人四重。可这时候对比蔡武，自己那点奇遇好像跟本不算什么。

蔡武似乎也看出了叶子的疑惑，大笑道："哈哈哈，我知道你在想什么，你在想我的修为怎么会短短几天就凌驾于你们之上了对不对？"

叶子和龙图圣君对视一眼，也没有着急动手，而是听蔡武说话。

蔡武见两人没有出手，以为他们惧怕于他，便更加肆无忌惮起来："哼，不妨告诉你，这还要多亏你那顾师妹。"

"如果我没猜错的话，你们走私矿洞的黑铁矿卖往西域，从而获取暴利吧？"龙图圣君道。

"呵，这种事也不是什么秘密了。"蔡武也不反驳，"但关键是，这种事不是谁都能做到的。"

"……可惜啊。"龙图圣君摇摇头，"如果你走的是正路，以你的天赋，他日中州上层人物中必定有你一席之地。"

"可惜？"蔡武觉得可笑，"没什么可惜的，一席之地？不，我全都要！哈哈！"

蔡武已经收起了之前的轻蔑，说罢，瞬间出手。叶子依然不惧，手持井中月，一剑刺出。两方交手，龙图圣君没有出手，而是在一旁观察叶子如今的实力。如果叶子不敌，自己再出手也不迟。但是，仅仅一个照面，蔡武便被震退。区区一个凡人，蔡武原本还不放在眼中，正因为轻敌，蔡武才被震退。

"怎么可能？"蔡武大惊，"你不是凡人境！"叶子的回答就是再次将剑对准了蔡武。

不过，蔡武也不惧："哼，很好，看来我要拿出真本事了！"

说罢，蔡武举起弯刀，弯刀之上光芒四射。

"半月弯刀！"蔡武大喝一声，一刀劈下。

半月弯刀，将真气凝聚于刀身，随刀锋挥出，可伤及身前半圆范围内全部的敌人，因刀锋似半月而得名，攻击效果十分强悍。

随着蔡武的大喝，一股难以匹敌的刀气迎面而来，叶子也使出烈火剑法与其对峙，地面被轰出一个半圆的大坑。随着烟雾散去，蔡武惊讶地发现叶子居然毫发无损。此时，叶子身上散发着一股寒冰之力，眼神冷冷地盯着蔡武，似要把蔡武看穿一般。蔡武不由得打了一个激灵。

"怎么可能……"蔡武不敢相信，"我全力一击居然伤不到你？"

其实，叶子的实力只有天人四重境界，面对天人七重的一击，叶子是扛不下来的。但叶子是一个不会屈服的人，开启寒冰之力，加上高级技能烈火剑法才勉强扛住了蔡武的攻击。此时，叶子的胸中一片翻涌，忍着没有吐出血来，其实五脏六腑都不同程度受伤了，只不过叶子不想让蔡武看出来，便一直强忍着。

俗话说："打铁要趁热。"在蔡武失神的时候，叶子身影一闪，瞬间消失在原地。蔡武一惊，不知叶子使的是什么身法，但多年刀口舔血的日子让蔡武本能地向一侧闪去，企图跳出叶子的攻击范围。但当叶子再次出现时，仍然在蔡武面前。叶子一剑轰出，又是一记烈火剑法。

蔡武面前烈焰冲天，叶子随着强大的剑气而来。蔡武这才反应过来，只得匆忙阻挡，但为时已晚。

"噗"——蔡武被轰得直接吐血。

"好强。"蔡武满脸不可置信，"你不过凡人境界，怎么可能有如此实力？"

叶子没有回答，一个手刀劈在蔡武脖子上，蔡武瞬间失去了战斗力，晕倒在地。而此时，正当叶子准备拎起蔡武时，一道黑影瞬间袭来。叶子眉头一皱，反手打出一道剑气。黑影冷哼一声，叶子的剑气瞬间破散，反而因反噬让叶子没忍住，一口血喷出，后退数十步。

在一旁的龙图圣君也惊讶："天人十二重。"

黑影已经袭来，双手抓向蔡武。

"我的人你也敢拿？"龙图圣君冷笑一声，转手拎起蔡武，一手应敌。

但是，来人的实力似乎超出了叶子和龙图圣君的想象。只见黑影一掌轰出，叶子连人带剑直接被轰飞。这一掌不但针对叶子，也针对龙图圣君。龙图圣君也不好过，单手与黑影对了一掌。龙图圣君就像一个破布袋一样，被击飞几十米，径直撞入一间房子，房子塌陷将龙图圣君埋在了里面。而黑影，则一手夺过了蔡武。

叶子吐出一口鲜血，脸色变得凝重，这是什么境界，连龙图圣君都不敌来者一掌。

来者一身黑袍，看不清样貌。这时，蔡武喘了几口气，对身旁黑影道："杀了他们，以绝后患！"黑影却没有动作。在黑影看来，自己只负责救出蔡武。虽然有心杀了几人，但想到刚才对了一掌的龙图圣君，也知此人不好对付，之所以将其轰飞，乃是龙图圣君要擒下蔡武，匆忙间才对了一掌。对于都是天人高阶的武者来说，只要不作死，牵制住自己还不在话下。那样的话，蔡武就危险了。集合各种可能的因素，黑影决定不去冒险杀了众人。他扔下漆黑的珠子，转身念动咒语远遁。

此时龙图圣君也从废墟中冲天而起，正要追的时候，那些黑色的珠子突然爆炸释放出带毒的烟雾，因为这么一耽搁，黑影和蔡武早就不知去向。

"传送卷轴。"曾子青说道。

"可恶，让他们跑了！"龙图圣君返回来，"这是血狱门的手段。"

"血狱门？"董志和玉猫也凑了过来。

"嗯，这是一个杀手组织。"玉猫将自己知道的情报共享了出来，"只不过这个组织在铁血魔域，怎么会跑到中州行事？"

"这件事情我们回去再说。"龙图圣君看了看叶子，似乎伤得不轻，"我们先疗伤吧，用不了多久佣兵殿的人就会过来了。"

"佣兵殿的人？"曾子青奇怪。

龙图圣君点了点头："没错，当我们执行任务时，如果战斗波动超过任务等级，佣兵殿就会派遣增援前来。"

"原来如此。"

说罢，大家各自开始疗伤。

……

半个时辰后，一众人纷纷稳住伤势。而也在此时，远方数道身影疾速掠来。

"来了。"龙图圣君说道。

"速度真慢，这都多久了。"曾子青腹诽。

果然，数道身影落下，一共十人，正好两支队伍。

"你们谁是队长？"其中一个光头大汉向众人问道，此人是天人三重境界。

叶子这才站起来，行了一礼。光头也没回礼，继续问道："蔡武呢？"

"蔡武被一个神秘的黑衣人救走了。"曾子青不耐烦地说道。

"我没问你！"光头很是不满。但曾子青一脸阴霾，站了起来。

"我们队长因中毒无法说话！"

光头看看叶子："哼，原来是个哑巴。"

这句话让叶子小队的所有人都怒视着光头。

光头见状，一副不屑的样子："怎么，不服？蔡武一个凡人阶段的通缉犯你们都能让他跑了，真是废物！"

"少说风凉话，那蔡武天人七重的境界，我们没死就谢天谢地了！"曾子青反驳道。

"天人七重？你们骗谁呢！"光头很不爽曾子青的态度，但这时另一队的队长观察了一下四周。

"钱坤，你少说两句吧。看看四周，凡人阶段是达不到这种破坏力的。"

说话的队长是一个女性，看上去二十四五岁，也有着天人三重的修为，卷曲散下的短发，使她看上去精明利落。

这时，这个叫钱坤的光头队长才扫视了一下现场。

"好吧，就算如此，那你说，我们现在怎么交代？"钱坤开始质问女队长。

女队长说道："我们只是来协助的。蔡武既然跑了，这锅我们可不背。"这时，又有一人由远处而来，是佣兵殿的执事。

钱坤和女队长纷纷行礼："元执事。"

"嗯。"元执事点了点头，此人中年，有着天人七重的修为，四级佣兵。

值得一提的是，佣兵殿的等级也对应着不同的职位。一到三级佣兵，除小队长外，其他的一概是佣兵。四级到六级佣兵就可以成为佣兵殿的执事。七级佣兵可以成为佣兵殿的统领。八级佣兵可以成为佣兵殿的副殿主。九级佣兵是可以竞争殿主职位的，但只有一人可以胜任。这位元执事恰好在别处完成了任务，又接到据点的通知，于是便赶了过来。

"蔡武呢？"元执事问道。女队长和钱坤将事情说了一遍。

"居然让他跑了？"元执事眉头紧皱，而后看了眼周围的情况。

"都是凡人巅峰，最高也是天人初期。"元执事一眼就感知出了山匪们的修为。

"就算如你们所说，蔡武是天人七重，你们为何毫发无伤？"

说罢，元执事看向叶子："你这个队长是怎么当的？撒这种谎有必要吗？"叶子皱着眉，但没有解释。

"就是说，一个天人七重怎么会统领一群凡人阶段的渣渣。"钱坤应和着说道。

元执事教训道："蔡武此人，性格疯狂，杀戮成性，罪行累累。此番被他逃脱，若他一心潜伏，我们很难再找到他的踪迹。"

"你这个队长，最好祈祷蔡武不要再出来祸害别人。"元执事盯着叶子，"否则，哼！"

这时，增援的队员们押着四个没有死透的山匪走了过来。

"元执事，还有几个活口。"其中一个武者道。

元执事点点头："好，押回去好好审问。"说罢又看向叶子，"今天之事我会如实上报给统领。我虽为执事，但无权惩罚你们，至于该如何处置，将由统领决定。"

叶子仍旧没有表示，只是默默地盯着元执事。元执事见状，脸色越发难看起来，愤愤地挥了挥衣袖。

"哼，把那些家伙押回去，我们走。"

说罢，两个小队的佣兵便将蔡武的手下押走了，只留下叶子等人。

……

这时，曾子青憋不住了："龙图老儿，你怎么不替大姐说几句话啊？"

龙图圣君听到后大怒："谁是老儿？"

"再说了，此刻说话就更加引起佣兵殿的怀疑了，还是少说为妙。"

"此话怎讲？"曾子青不解。

"这帮人不管出于什么目的，似乎都在向着蔡武说话。"董志摸着下巴思索着，"也许是我多心了。"

"佣兵殿的人还不至于这么做。"龙图圣君说道，"只有一种可能。"

这时，所有人都看向龙图圣君。

"蔡武上面有人。"

没错，叶子也是这么想的，区区顾秀还没有这种力量，蔡武必然有不可告人的秘密。叶子目光冷酷，直直盯着蔡武逃跑的方向。他背后到底是什么人？先不说他短期内实力的巨大提升，就一个圣君巅峰的武者将他救走，还是从铁血魔域远道而来，这走私黑铁矿的生意真能有如此影响力？

叶子不相信佣兵殿不知蔡武屠了隐秘门时是什么修为，反正凡人阶段绝对不可能做到。屠掉帮派之事必然会在中州闹得沸沸扬扬，若是佣兵殿派出统领级别的小队出手，蔡武必然逃脱不了。若说蔡武背后没有庇护者，叶子打死都不相信。

想罢，叶子便带着众人返回中州。他们要回到佣兵殿复命，虽然任务失败，但该接受的惩罚还要回去接受。

……

第四章

会场初遇　潜行追缉

玛法大陆无比辽阔，人口更是数以十亿计。这个世界的危险，叶子见识过许多。这次的事，只是其中的一件，"实力为尊"是人人信仰的信条。邪恶的武者，杀戮无常，以致一方动荡，并不在少数。皇室麾下佣兵殿的力量，也是因此而存在。

回去的路上，众人还在讨论蔡武的事。众人最一致的说法还是自己的实力不济。一天后，众人回到了中州城。

众人来到佣兵殿后，不出所料，叶子等人被接待人员带到后堂。此时，统领正脸色发黑地看着叶子等人。佣兵殿的统领叫方舟，乃是圣帝境界的强者。

"叶队长，你不觉得要给我一个解释吗？"方统领沉声道。

"要知道，佣兵殿的任务是很少失手的，而你们接的任务还是最简单的一个。"

叶子只是皱着眉头。还是龙图圣君发言，才让方统领知道叶子因中毒无法说话的事实。这时，方统领才发现，这龙图圣君乃是圣君阶段的强者，这样都让蔡武跑了，看来事情确实没那么简单。

方统领脸色稍微平缓了一下："说说吧，到底怎么回事？"

于是，几人你一言我一语地把执行任务的经过重新讲了一遍。

最后，龙图圣君说："这个蔡武不简单，这个任务建议不要再定位为低级任务了，否则，下一次，别的队可能就是全灭的下场。"

方统领眉毛一挑："哦？这是你的看法？"

龙图圣君摇摇头："不，这是叶子的看法，但我们也认同。"

这时，房外一阵敲门声响起。

"进来。"方统领低喝了一声。一个佣兵队长着急地走了进来，手中拿着一份卷宗。

"何事这么急？"方统领皱眉问道。

"禀统领。"那队长急道，"紧急情报，您请过目。"

方统领疑惑一下，接过卷宗一看，瞬间脸色大变。

他放下卷宗，沉声道："还真被你说中了。"

"元执事带领的两支小队，在押送蔡武手下的途中，被蔡武救走。"方统领面色沉了下来，"而且，所有佣兵殿的佣兵全部失踪，不知生死。"

叶子并没有感到吃惊，反而觉得这是必然会发生的事情。

叶子的反应也被方统领看在眼里："你早料到会发生此事？当时为何不和元执事汇报？"

"呵，他们倒是听啊。"曾子青没好气儿地说道。

"你先下去。"方统领对着刚来的队长说道。

"是。"那队长虽满脸急意，但仍然行了一礼，转身离去。

龙图圣君看了一眼叶子，然后向方统领问道："敢问统领，这个任务可否交由我们去执行？"

方统领思索了片刻说道："不必了，你们暴露了，不适合再执行这个任务。"

叶子听到后明显有些激动，正要上前一步，却被龙图圣君拉住，他轻轻地摇了摇头，叶子这才压下心中的怨气。当然，这一切都被方统领看在了眼里。

"算了，你们也下去吧，我会吩咐其他人处理此事。"

"是。"众人点点头，行了一礼，便退了出去。

……

从佣兵殿出来，天已经黑了，在中州城里向天空望去，仍然是满天繁星。叶子备感失落，便独自走到树下，靠在树上看着城中的人来人往。这里有武者、有平民，有老有少、有男有女。人们穿行在中州王城中，来来往往，平淡地体会今天，又平淡地迎接明天。这几日的经历，让叶子身心疲惫。如果可以，叶子宁可要那海边的宁静，也不想要这一身修为。

不知何时，龙图圣君也站在了叶子身边。叶子知道，却没有阻拦，两人一起看着繁星，看着这座城市。

这时，龙图圣君仰望着星空："你看，这满天的星辰数不胜数，但我们只会记得最亮的几颗，剩下的，也许我们永远都不会注意到它是否还在发光。就像我们的修行一样，既然决定走上这天幕，要么成为最亮的几颗星被万人敬仰，要么就只能发着暗淡的光芒努力挣扎。这条路，从来都是崎岖坎坷充满磨难的，面对它你就会发光，背对它你就会黯然失色。"

叶子转头看着龙图圣君，没想到这个长得不咋样的人还能说出这种话来！不过仔细想想，几人共同经历过不少事情了，对龙图圣君，自己却了解甚少。从前，叶子都是不问世事，对谁都不感兴趣。随着经历的这些事，叶子发现，即使前路再艰难，也总有人愿意伸出援手。叶子对着龙图圣君微微一笑，再次将目光看向星空。这是叶子第一次对龙图圣君笑。

叶子的坚强、执着、不畏险阻的品格，让龙图圣君的心中泛起一丝异样，只不过此时的龙图圣君并不知道，这种异样叫心动。

"蔡武的事不是短时间能解决的，既然全世界都在针对我们，我们就与全世界为敌吧！"

龙图圣君的话音虽然不大，在叶子心中却犹如呐喊。与全世界为敌，对啊，与全世界为敌又怎样？叶子的心中重新燃起斗志，既然如此，就让这个世界看看我有多强吧！

突然，叶子向龙图圣君伸出了手。龙图圣君先是一愣，然后会心一笑，同样伸出了手。两人的手握在一起，从这一刻起，叶子彻底接受了龙图圣君这个同伴。

再次回到佣兵殿前，曾子青等人还在旁边的酒馆喝酒。叶子没有打扰他们，而是独自走进佣兵殿。此时已是深夜，但佣兵殿里的人仍然很多。

佣兵是一个特殊的职业，通过接受任务、完成任务来获取奖赏。佣兵没有俸禄，每月仅靠任务的奖励就可以过上富足的生活。因为任务的数量众多，相对而言，得到任务点兑换宝物的速度也足够快。因此，对很多武者来说，佣兵殿是一条通向强者之路的极好途径。

这次，叶子选择了一个通缉任务，天人中阶境界的逃犯。情报显示，这个逃犯躲在北面的山里。众人也没耽搁，连夜赶路，两天后才赶到山脚下。有了上次的教训，这次几人选择了集体行动。

玉猫善于隐秘行动，同时也善于追踪，借着玉猫的优势，众人很快就发现了通缉犯落脚的地方。这是半山腰的一处洞穴，原本可能是野兽的洞穴，此时已被通缉犯霸占，成为自己的住所。众人也没废话，直接堵住了通缉犯的洞口。里面一个老者，五十多岁，面目可憎，一看就不像好人。

"什么人？"老者怒喝一声。

"只有天人五重，还好。"龙图圣君看着老者道。

"诸位，我与你们无冤无仇，为何堵住我的洞府？"老者警惕地看着众人。

这时，曾子青抽出长枪扛在肩膀上："确实无冤无仇，但我们是佣兵殿的人。"

老者这才大惊失色："佣兵殿？"

他转念一想，面前的五人，除了龙图圣君看不出修为，其他人都在天人初阶，自己还是不怕他们的。想必那个看不出修为的人应该是用了什么隐藏修为的秘宝吧！

老者放下心来："呵呵，几位不过是佣兵殿的一个小队而已，恐怕连二级都不到吧，就这还想抓老夫？"

叶子也不管这老者说什么，自顾自地伸出手来，向前一挥，曾子青、董志和玉猫三人就围住了老者。

老者不惊反喜："怎么？区区三个天人初阶的武者就想制服老夫？"

叶子和龙图圣君也没多说，只是点了点头，曾子青三人立刻出手，两方交战瞬间打响。很显然，一开始是曾子青等人落下风，几人被老者打得苦不堪言。老者奇怪，但也不敢使出全部实力，必须分出一缕心神关注叶子和龙图圣君。也不知道他们葫芦里卖的什么药，派三个"弱鸡"来出战。即便如此，老者收拾曾子青三人还是轻而易举的。没几个回合，曾子青三人就败下阵来，各个负伤不轻。

"哼，三个废物。"老者轻蔑地说了一句。曾子青几人脸上很是难看。

这时，叶子绕过老者，一屁股坐到了老者洞穴的石椅上，开始自顾自地抠起指甲来。老者气不打一处来，被一个凡人如此轻视还是头一次。正要发威的时候，只见龙图圣君大手一挥，一股强大的真气将老者禁锢。

老者这才一惊："敢问大人这是何意？"

龙图圣君也没理老者，只是等着曾子青三人疗伤。不到半个时辰，三人又如生龙活虎一般。

这个时候，龙图圣君才说道："我问你，想不想活命？"

"当然想。"老者谨慎地说道。

龙图圣君点点头："既然想活命，我就给你一个机会，只要你能打败这三人，我就放你走。"龙图圣君指了指身后的曾子青三人。

老者奇怪："老夫刚刚不是已经打败他们了吗？"

"再来一次。"

"你说放我走可当真？"

"当真。"

"好，我便信你一次。"老者双眼一亮。

于是，龙图圣君撤去禁锢，老者也摆出架势来，等着曾子青几人出手。

"听好了。"龙图圣君再次看向几人，"你们若输了，我就会放他走。"

"龙图老儿，你不是开玩笑吧？还想让我们的任务失败一次啊！"曾子青愤愤不平地说道。

"首先，我不是老儿！"龙图圣君纠正道，"其次，若连个跨境战斗都搞不定，你们还有什么脸跟在叶子身边？"

"行，你给我瞧好了！"曾子青怒吼一声，冲向老者。

没几个回合，老者就像碾压一般，再次打得三人苦不堪言。但三人好歹也是混迹江湖多年的老手，渐渐配合默契起来，一时半会儿倒也败不下来。

又打了几个回合，老者抓住一个空当，一个旋腿将三人踢飞。三人摔倒在地，难以再爬起来。

"大人说话可算数？我已经打败了他们三人！"老者道。

"你哪只眼睛看到你打败了他们？"龙图圣君嘲讽地对老者说道，"你再好好看看。"

老者急忙向后看去，只见三人纷纷吞下疗伤丹药打坐，不一会儿就又生龙活虎一般。

"再来！"龙图圣君喝道。两方战斗再次打响。这一次，曾子青等人足足坚持了半个时辰。半个时辰后，众人落败。三人再次拿出丹药，就地疗伤恢复。

老者大怒："混蛋！你居然拿我给他们练手？"

"是又怎样？有本事你杀了他们！"

老者无可奈何，便又与三人战在一起。就这样，打打停停，一直持续了三天。此时，曾子青三人的配合早已磨炼得炉火纯青，与老者交手一次足足可以坚持三个时辰。而老者却不像曾子青三人那样有疗伤的丹药，真气一直在流失。五天后，在这种强度的训练下，曾子青三人纷纷突破了一个境界。此时的曾子青已是天人四重了，而董志和玉猫也突破到了天人三重。

又过了五天，老者已经筋疲力尽。

"这不公平！"老者怒吼，"你们不尊重老人！"

"好！"龙图圣君一拍手，一粒疗伤丹药落在老者手里，"这次让你也恢复好实力。"

"哼，少糊弄老夫，让老夫恢复好实力再陪他们练十天半个月吗？"

龙图圣君摇摇头："不，这次一局定胜负。"

"此话当真？"

"当真！"

"上次你就是这么说的！"

"这次是真的！"

叶子在一旁看着，淡淡一笑。从始至终，她都在磨砺众人的实力。能找到一个天人五重的人，生死相拼十几日，想必曾子青几人的实力也大有长进。双方都恢复好后，四人又战在了一起。

这次和以往却不一样了，没用半个时辰，战况就变成曾子青三人压着老者打了。几个回合下来，曾子青三人几乎同时将武器架到了老者的脖子上。

"这……怎么可能？"老者不敢相信。

"不要小瞧了比你境界低的人，"龙图圣君说，"刚才他们三人所施展的是战阵。"

"战阵……"老者不解。

"武者的战阵，是专门应对高级武者的手段。"龙图圣君解释起来，"在境界不如对方时，就需要多人用战阵来增强实力，以对抗更高等级的武者。"

"刚才他们三人所用的正是三才阵，三人为阵，可以与高两到三个境界的对手缠斗。"

"之前那么多天的磨合，其实都是在磨炼他们之间战阵的配合。"

"你……"老者被气得哑口无言。

"我也给你机会让你恢复到最佳的状态了，是你自己没有抓住机会。"

随着龙图圣君的话毕，曾子青三人手起刀落，将老者的性命结束了，这个任务也就算完成了，只不过花的时间有点久，但这一切都是值得的。这时，叶子站起身来，满意地看着三人，微微颔首，率先离去。

"走吧，去执行下一个任务。"龙图圣君说道。

……

时间渐渐过去了小半个月。叶子众人一直在执行剿匪任务，或者追击通缉犯，众人得了不少功绩，也晋升为了二级佣兵。曾子青三人的实力显然也提升了不少。而叶子，真实实力也达到了天人七重。

这天，几人来到一处密林，这里离黑森林不远。叶子停下来，拿出佣兵令牌在附近感知了一番。

"大姐，怎么了？"曾子青问道。叶子摇摇头，但神色凝重。

这时，龙图圣君也拿出佣兵令牌："这里是蔡武劫走自己手下的地方。"龙图圣君四下打量了一番，似乎觉得不对劲。

"这里没有打斗痕迹？"说罢看向叶子，叶子点点头，她也发现了这点。元执事的修为还不至于应付不了蔡武，除非那个黑衣人当时也在场。如果没猜错的话，这些人必然是被掳去了。

这时，几道破空声传来，三个黑衣人御空而来，二话没说，直接禁锢了几人。叶子几人没做反抗，而是看着这三个黑衣人。

"这已经是第三批了吧。"其中一个黑衣人说道。

另一个黑衣人点点头："拿下吧。"

三个黑衣人都是天人中阶强者，难怪。正当其中一个黑衣人伸手冲向叶子的时候，叶子真气外放，立刻挣脱了禁锢。随后一剑击出，黑衣人来不及反应，只得用掌硬扛。

"轰"的一声巨响，叶子纹丝不动，而那个黑衣人却连退数十步，显然受了不轻的伤。

为首的黑衣人见状："噢？有点本事。"

这时，龙图圣君也轻易挣脱了禁锢："你们是什么人？为什么抓我佣兵殿的人？"

为首的黑衣人道："呵呵，并非我们抓你佣兵殿的人，而是你们佣兵殿的人总是自投罗网。"

"蔡武在哪儿？"龙图圣君又问道。

"你没资格知道。"

"那就打得你让我有资格知道。"龙图圣君说罢身影消失在原地，同时消失在原地的还有叶子。只见其中被叶子击伤的黑衣人身后，叶子突然出现，一剑刺出。黑衣人似乎早有预料，闪到一旁。但还没等黑衣人站稳脚步，一道血线就斜着将黑衣人切割成两半。黑衣人倒地气绝，至死都不明白自己是怎么死的，这一切就发生在刹那间。与此同时，龙图圣君一道符纸，也将另一个黑衣人解决。

"怎么可能？……"为首的黑衣人惊讶于两人的实力——天人中阶的强者居然不是他们的一合之敌！

"现在我有资格知道了吧？"龙图圣君装出一副高高在上的样子。

"混蛋！"为首的黑衣人暗骂一句，转身就跑，似乎使用了什么秘术，速度极快。

龙图圣君摇摇头："何必呢。"然后消失在原地。

没用多久，为首的黑衣人就被绑在了树上，任其如何挣扎都没用。

"哼，我是宁死不会说的！"黑衣人怒喝。

"大姐，我倒是知道几种折磨人的手法，不然让我试试？"董志说道。叶子摆摆手，示意你们随便，只要能让他张嘴就行。

于是，董志走到黑衣人面前，拿出刀子舔了一口刀刃："我倒是知道一种方法，可以让你活着的情况下，让你自己看着自己的皮被剥下来。"

黑衣人神色不惧："哼，你拿这些对付凡人的手段来对付武者？有本事你就使出来。"

"嘴还挺硬！"董志拿起刀子就架住了黑衣人的脖子。

曾子青这时不耐烦地站起来："他若不说，就断了他的经脉！"

黑衣人仍然不惧："呵呵，被你们抓住我就没打算活着，有什么本事尽管使出来。"

"看来是个硬骨头。"龙图圣君走到黑衣人面前，然后对曾子青说，"子青，把他衣服扒光，去佣兵殿发布个观赏任务。"

黑衣人听到后这才开始慌张："什么？你敢！士可杀，不可辱！"

"我根本就没把你当'士'。"龙图圣君挥挥手，"动手吧。"

说罢，龙图圣君转身就走。这时，黑衣人立刻说道："我说，我说！"

龙图圣君回头瞥了一眼："早配合不就完了。说，你是什么人？"

黑衣人犹豫了一下，最终叹了口气："哎，我乃一介散修，是被蔡武雇用的。"叶子几人知道，此时对方必不会说谎，此人的身份只要到佣兵殿便能查到。

"蔡武在哪儿？"龙图圣君又问。

……

黑衣人被封住修为，带着众人来到了一处密林里。远远望去，几人看到一座营寨。在营寨的广场上，似乎正在举行一种祭祀。几人没敢再往前行，曾子青、董志和玉猫三人的修为过低，很容易被发现。虽然隔着这么远，几人也看清了广场中央的情况：站在正前方的正是蔡武，而在蔡武身边有两个气息非常强的蒙面黑衣人。

"那两个蒙面人是谁？"龙图圣君问黑衣人。

此时黑衣人被禁锢了修为，由董志拎着。

黑衣人也没抬头，说道："他们是血狱门的长老。"

"果然如此。"龙图圣君又问道，"为什么铁血魔域的人会和蔡武混在一起？"

"这我不清楚，我也是听蔡武偶然说起才知道那人是血狱门的长老。"叶子几人继续观察着。

除血狱门长老外，还有几百个从凡人境到天人初阶不等的手下。而中央的广场上，正是失踪的佣兵殿的佣兵们，包括元执事、钱坤及那个女队长，还有两支不认识的小队。

此时，这些人都被围成一圈捆在柱子上，浑身通红，面色痛苦，显然是受了重伤，而众人脚下好像有一个阵法在运转。

"这是在干什么？"曾子青好奇地问。

"这个我也不清楚，我们三人只负责将人抓来，在押回上一批佣兵的时候还没有这个阵法。"黑衣人解释道。几人也没理黑衣人，而是再次看向阵法中的众人。

龙图圣君感到奇怪："你们有没有觉得他们眼熟？"

曾子青差点从树上掉下去："废话啊，我们小一个月前刚遇到过他们啊！"

"我不是这个意思。"龙图圣君面色严峻，"我的意思是他们的状态。"

叶子也早有发现，经龙图圣君这么一提醒，瞬间想到了，于是打了个响指，表示自己想到了。几人看向叶子，叶子也看着几人，互相大眼瞪小眼。

"大姐，你想到了倒是表示一下啊，别吊胃口啊！"曾子青不耐烦地催促起来。

叶子斜了一眼曾子青，从空间戒中拿出一个东西给众人看，正是血石。黑铁矿的伴生矿石——血石，颜色晶莹剔透，像极了此时在阵法中众人的样子，同样晶莹剔透，但不同的是他们是活生生的人。

"对对对，血石，他们身上的颜色和血石真的很像。"龙图圣君说道。

董志说道："咱们是不是先别讨论像什么的问题了，要不要先救人啊？"其他三人点点头说道："言之有理。"

于是，龙图圣君一个手刀将黑衣人打晕，四人溜下树，悄悄接近营地。此时，蔡武正站在原地哈哈大笑。

"哈哈哈，就快成了，佣兵殿的'杂碎们'，这就是与我为敌的下场！"众佣兵咬着牙，怒视着蔡武，恨不得生吞活剥了他。

恰在此时，四道身影瞬间袭来。

龙图圣君的一声低喝，响彻全场："蔡武，束手就擒吧！"来人，正是叶子四人。

"叶子？又是你。"蔡武看到忽然出现的叶子，瞬间退到两个血狱门长老身旁。

其中一个血狱门长老也是脸色微变："看来你那三个手下出卖了你。"

"无所谓，那三个本来就没打算留活口。"蔡武得意地说道。

这时，一位血狱门长老注意到了龙图圣君，满脸忌惮之色。上次与其交手时，他自觉是钻了个空子。这次，若是真的战在一起，这个长老没把握可以把龙图圣君留下。同一时间，被捆绑在中央的众人却脸色大喜。

"这是哪位强者？"

"是我佣兵殿的人吗？"

佣兵殿中，有许多人不认得叶子，元执事和钱坤等人却认得。

钱坤一急："这个笨蛋，不去叫援兵，自己跑来干吗？"

元执事也是一叹气："哼，真是愚蠢。"

周围的佣兵们听到钱坤的话，顿时心头凉到了极点。

"什么？竟然只是个队长？"

"完了，完了。"众人的内心跌到谷底。毕竟，连这么多小队甚至元执事都被捉来了，区区一个小队能做什么？叶子充耳不闻，淡淡转过身。一道剑气挥出，断了元执事等人的绳子。众佣兵被救下来，但身体仍然通红，战力十不存一，但好在阵法被终止了。

蔡武冷冷看向叶子："混蛋，屡屡坏我好事。今日我饶不了你。"说着，蔡武一连打出几个手势。刹那间，他周身散发出妖异的血光。

"哈哈哈哈。"蔡武放声大笑，"如今，看你还是我的对手吗？"蔡武明显激发了某种特技，让自己的实力暴增。

说时迟，那时快，众人也纷纷出手。血狱门的长老对上龙图圣君，另一个长老与曾子青三人施展的"三才阵"周旋起来。而那几百个手下，已经和被救下的元执事等人战成一团。

蔡武猖狂地说道："小畜生，今天就让你知道知道得罪我的下场！"说罢，蔡武瞬间出手，身上红光闪烁，双眼猩红。

另一边的叶子，也早已蕴含杀意，持剑而出。体内的寒冰之力被瞬间调动起来，一股极致寒气油然而生。叶子一剑挥出，蔡武就感到一股不可匹敌的剑气迎面而来。蔡武奋力地挡下一击，和叶子缠斗起来。但蔡武万万想不到，仅仅三个回合，自己就被拿下，败得这么快、这么彻底！叶子杀意凛然，手中的剑燃起烈焰，直劈蔡武。这一下若是挨上，估计蔡武半条命就没了。

蔡武也不甘示弱，大喝一声："不要小瞧我！"

"轰"的一声巨响。蔡武直接被震飞，落地后，动弹不得，七窍流血，直接晕厥了过去。叶子见状，就要将蔡武擒下。而正与龙图圣君对战的血狱门长老岂会让叶子得手。血狱门长老转身一掌，将龙图圣君逼退，然后一个闪身，来到了晕倒的蔡武身边，叶子直接抓了个空。

"三招败蔡武，小畜生，留你不得！"血狱门长老大手一挥，一掌击向叶子。

恰在此时，龙图圣君及时赶来，与血狱门长老再对一掌，两人各退几步，谁都没有占到便宜。

"我们两个一起对付他，他的命就没必要留着了。"龙图圣君对叶子说。叶子点点头，两人联手再次攻向血狱门长老。而此时正在与蔡武几百个手下交手的佣兵们神色大喜。

"这是哪一个小队？实力这么强？"

"看来我们有希望获救了！"

"兄弟们，振作起来，把这些杂碎都宰了！"

佣兵们信心大增，越战越勇。叶子联手龙图圣君，打得血狱门长老苦不堪言。血狱门长老又要保护晕倒的蔡武，眼见自己就要不敌，却毫无办法。

这时，叶子和龙图圣君互相使了个眼色，龙图圣君一个佯攻，叶子趁机绕后。烈火剑法瞬间启动，直接贯穿了血狱门长老的胸膛。血狱门长老万万没有想到，自己会栽在一个小辈手里。"噗！"血狱门长老吐出一口血，甚至没来得及说话便死掉了。

叶子大喜，立刻伸手去擒蔡武。就在此时，一道身影疾速袭来，速度竟比叶子的剑更快。叶子双眼一眯，反手一剑劈出。然而，来人丝毫不惧，仅仅一拳，瞬间便破了如潮剑气。而后，拳头威力不减，直攻叶子和龙图圣君而来。两人只来得及横剑一挡，下一秒就被轰飞。

"噗"，叶子和龙图圣君猛地吐出一口鲜血。

龙图圣君脸色骤变："天仙境？"

来人是个老者，蒙着脸，看不到样子。他身上的气息却澎湃得可怕，竟是个天仙境的修行者。此时，老者已将蔡武护在了身后。

龙图圣君如临大敌："敢问阁下何人？为何阻止我等擒拿恶贼？"

"哼，你还不配知道老夫的名字。"

此时，曾子青三人也停了手，纷纷回到了叶子身边。而那几百人与佣兵们的战斗也在老者来的时候停止了。叶子怒目而视，但老者似乎对众人并没有杀意。

"佣兵殿倒是出了几个不错的人才。"老者看着叶子等人，然后挥挥手说道，"你们走吧，我并不想杀你们。"但叶子此时慢慢地向老者走去。

老者感到很奇怪："嗯？止步，休要再前。"但叶子似乎如没听到一般，继续走向老者。老者冷哼一声："不自量力！"说罢真气外放，直接将叶子禁锢住，任凭叶子如何挣扎都无济于事。

龙图圣君见机说道："阁下，我等只要蔡武一人。"

"哼，老夫只保蔡武一人。"

"你……"

老者又看向叶子："你奈何不了老夫，也擒不住蔡武。"

"你们若不是佣兵殿的人，今天你们谁都别想活。"

随后老者看向仅剩的一位血狱门长老道："我们走吧。"两人腾空而起，转瞬间就消失在了众人面前。

这时，远远传来老者的声音："仅此一次，下次若再敢犯我，死！"

这时，叶子的禁锢才被解除，叶子猛地跪在地上，大口大口喘着气。老者与叶子等人对话的时候，那几百个手下就已经四散逃走了。如今留在现场的除了叶子四人，还有一帮佣兵殿的佣兵。但众佣兵仍然一片通红，各个带伤。

龙图圣君扶起叶子："这蔡武不简单，到底有多少人在保他？先处理眼前的事吧。"龙图圣君拍了拍叶子的肩膀，转身走向佣兵们。此时，佣兵们正盘坐在地上运气疗伤，身上的红色也消去大半。

龙图圣君问道："诸位，你们这是发生了什么？"

此时，元执事也不再托大，捂着伤口说道："我们被擒来，都被喂下一种红色粉末。再之后我们便被绑在那些柱子上，当脚下的阵法开始运行时，每个吃下红色粉末的人都开始变得通红。"

钱坤点点头，对元执事的话表示肯定："没错，而且那时我感觉身上的修为好像被压缩一样。好在你们及时来到，不然再过两个时辰，我觉得我必然会被自己的修为撑爆了。"众人劫后余生，对叶子等人很是感激。

叶子和龙图圣君也没闲着，出手帮助众人将体内的红色粉末吸出体外。叶子这时看着掌心中飘浮的一团粉末若有所思。片刻之后，叶子靠近粉末闻了闻，突然眉头一皱。

"怎么了？"龙图圣君发现了叶子的异样。

叶子将粉末伸到龙图圣君面前，示意他闻闻。龙图圣君犹豫了一下，还是相信叶子，凑上去闻了闻，然后大吃一惊。

"这是血石粉末？"叶子点点头，众人也纷纷看了过来。

"血石粉末？"

"到底怎么回事？"

"为何让我们服下血石粉末？"

龙图圣君伸手压下众人的声音："大家少安毋躁，这件事想必不简单。"

然后，龙图圣君看向元执事，作揖道："元执事，此事还烦劳执事上报佣兵殿，想必以佣兵殿的手段，应该能查出缘由。"

元执事也回了一礼："阁下不必客气，你们于我们有救命之恩，日后但凡有任何需求，尽管开口。

"另外，今日你们救了我等之事，我也会如实上报，你们晚些时候记得去佣兵殿领取奖赏。"

"有劳了。"龙图圣君道。众人纷纷附和，对叶子等人表示感谢。

正要离开时，钱坤队长却奇怪地说道："咦？我的小队少了一人。"

元执事问："少了一人？"

钱坤："嗯，或许是趁乱跑了也说不定。"

元执事道："那也无妨，终归他也会返回中州，我们先回去吧。"

就这样，受伤的佣兵们在曾子青、董志和玉猫三人的护送下，先一步返回了中州。叶子和龙图圣君留下，这里应该还有些线索可以调查一番。

此时，叶子站在那个失效的阵法前不知思索着什么。龙图圣君在营地里转了一圈，也没发现什么值得注意的线索。出来时看到叶子站在阵法前，便走了过来。

"怎么？有什么发现吗？"叶子摇摇头。

龙图圣君也开始观察此阵，但似乎也没什么线索："此阵应该是远古阵法，与现今阵法截然不同。"

叶子也好奇，不管是不是远古阵法，起码这个阵是禁忌之阵。需要武者为引的阵法，哪怕在远古时期，也是大逆不道的行为。

"此阵我已复刻了一份，剩下的交由佣兵殿调查吧。"叶子点点头。

"如此，我们也回去复命吧。蔡武背后的势力强大，我们也得尽快提升实力才行。"

龙图圣君面露忧色，没想到蔡武居然有如此背景。不过，此时再想也没什么用，只能走一步看一步了。

龙图圣君抬眼看了看周围："这里离夏敏所住之处倒是不远，你要不要去看看她？"叶子犹豫起来，但龙图圣君似乎知道进展叶子的心思。

"不必担心，作为暗哨，还不至于因此受到你的牵连。"

叶子笑了笑，或许真是自己多心了，便应了下来，打算顺路去看看夏敏。主要是那所谓的解药，叶子也想知道进展如何了。

……

第五章

执子之手 共赴山海

日落西山，晚霞布满天边，金灿灿的一片。在这黄昏之际，有两人踱步在海边，正是叶子和龙图圣君。此时两人的心情就像这大海一样平静。

一阵风吹过来，把思绪带走，哪怕在任何时候，时间都不会停留。这一刻很短，却又很长，短到不希望这一刻转瞬即逝，长到想不出下一步要何去何从。两人就这样静静地走在海边，谁也不说话。不知不觉中那座简易搭建的小屋出现在了他们的视野内。

夏敏此时还在忙着摆弄自己捕来的鱼，察觉到有人靠近，便站起身来张望。双方互相招了招手，这一刻大家笑得很开心。

"你们怎么来了？"夏敏热情招呼着叶子和龙图圣君。

"正好执行完任务，顺便过来看看你。"龙图圣君道。

这句话反而让夏敏歪起脑袋："看看我？"

见夏敏的反应，叶子也觉得奇怪，看看夏敏又看看龙图圣君。

"杨帮主这种六亲不认、世事不闻的人居然会来看看我？"

"嗯……咳……"龙图圣君故意咳一声，"只是路过而已。"

夏敏用明亮的目光盯着龙图圣君，龙图圣君此时只是眯着眼品着茶，夏敏再看看坐在旁边的叶子，似乎明白了什么。

"噢……"夏敏阴阳怪气地长呼一声，"你俩怎么凑一起了？"

"此事说来话长，该问的问，不该问的别问。"龙图圣君板着脸道。

"那什么是该问的，什么是不该问的？"

"目前为止你问的都是不该问的！"

"哎呀，真是太阳从西边出来了。"夏敏仍然感到不可思议。

龙图圣君发现如果再任夏敏这样下去，她指不定还会说出什么来，于是便放下了茶杯。

"夏敏，我们这次来主要是问问你叶子的解药如何了。"

"解药？早就做好了。"夏敏说道。

"哦？这么快？"龙图圣君开始没话找话，"我记得你说过解药很难炼制吧？"

"哼，在中州，除了皇室那几个老家伙，有几个比我炼丹水平高的？"夏敏显得得意扬扬。

此时的叶子早就听不进去两人说的是什么了，满脑子都是解药的事。见两人你一言我一语地说起来没完，她重重地把茶杯放到了桌子上。

"咚！"声音虽不大，却盖过了两人的声音。这时两人才安静下来，纷纷看向叶子。

还是夏敏最先反应过来："对对对，解药。"说罢，她在空间袋里翻了起来。

龙图圣君只好尴尬地继续喝茶。叶子瞥了一眼龙图圣君，仔细想想，认识时间也不短了，似乎对龙图圣君的了解并不多。想到这里，叶子摇了摇头，不了解又怎样，此时自己的心中只有复仇。

没过多久，夏敏就找到了解药，交给了叶子。叶子拿着解药，心中犹豫再三。

一旁的夏敏说道："没事，就算没效果，也都是大补之物。"叶子不由得满脑袋黑线。

最终，叶子还是服下了解药，入口清凉，没有什么异样的感觉，随后一股暖流便传遍全身。

龙图圣君紧张地看着叶子，可是叶子居然拿起茶杯继续喝起茶来。

龙图圣君问道："怎么样了？"叶子看了一眼龙图圣君，点点头表示没问题。

龙图圣君又看看夏敏问："失败了？"夏敏摇摇头："我……我也不知道啊。"

龙图圣君皱起眉来，看着叶子安慰道："没事，这次失败了还有下次。以你的性格，一次失败是不会打倒你的。"

叶子看着龙图圣君："你在说什么？"龙图圣君愣住了。

夏敏反而很兴奋："成功啦！"

"嗯。"叶子微微一笑。

至此，叶子恢复了语言能力，但对叶子来说，感觉并没有什么大的影响。自己本来就不喜欢讲话，而对于别人的误解，叶子也懒得去解释。之所以感到开心，是因为那毕竟是属于自己的声音。

许久之后，龙图圣君恢复了以往的淡定。之后，龙图圣君把最近的经历告诉了夏敏，倒不是龙图圣君愿意说，而是希望夏敏以此为基础，收集一些情报。

"哇，你们居然能干掉天人高阶的强者。"夏敏羡慕地说道。夏敏这么一说，正好让叶子想起一件事："噢，对了。"只见叶子从空间戒里拿出一个空间袋说道："这是那血狱门长老的空间袋，我之前在里面发现了一个东西。"叶子说罢拿出一个红色的珠子，同样晶莹剔透，犹如血石一般。

"血石？"龙图圣君问。

叶子摇摇头："不。"叶子将珠子交给龙图圣君，"这个珠子蕴含了极强的真气。"

龙图圣君拿在手上仔细辨识一番："只有这一颗？"

"有很多，至少二十颗。"说着叶子将所有的珠子都拿了出来。

龙图圣君依次检查了一遍："可是每颗丹内蕴含的真气都不同，奇怪。"

"之前我在那个阵法前，就一直在想这个问题，我有一个大胆的猜测……"叶子欲言又止。

"没事，你说。"

叶子皱起眉来，看着桌子上的二十多颗珠子："如果说，这每一颗丹都是一个武者呢？"这话让龙图圣君和夏敏细思极恐。

"天哪！"夏敏大惊，"这……这简直……"

"恐怕你分析得没错……"龙图圣君沉下脸来，"这也解释了蔡武为什么修为提升如此迅速。"

叶子也点点头："那古阵法，应该就是制作这种丹的方法，以武者为引，将他们炼化成只剩真气的丹。"

几人又回想起之前佣兵们被喂食血石粉，然后困在阵法中祭炼的情景。

“这简直是丧尽天良啊……”龙图圣君念叨着。

叶子抬头看向龙图圣君道：“如此说来，走私的根本不是什么黑铁矿，而是这种用人炼成的丹！”

啪！龙图圣君一拍桌子，恶狠狠地说：“如此畜生的行为！愧为武者！”

夏敏拿着其中一颗看着：“这种丹应该可以直接吸收，甚至可以无视瓶颈，要知道武者突破大境界时都会遇到不同程度的瓶颈，有些武者甚至终其一生都无法突破自己的瓶颈，若此丹可以无视这些瓶颈，那……”

“此事应该立刻上报皇室，让皇室出面解决！”夏敏放下珠子，神色严肃地说道。

“不可！”龙图圣君阻止下来，“如今我们根本不知道有多少人参与其中，这样只会打草惊蛇。”

“那该怎么办？”夏敏一噘嘴。三人陷入了沉思，许久都没人说话。

叶子突然抬起头：“等等！”

龙图圣君也说：“你也想到了？”

两人对视，异口同声道：“隐秘门！”

正如两人所想，当初他们加入佣兵殿，接受了缉捕蔡武的任务时就提到蔡武屠杀了整个隐秘门。如果是蔡武把整个隐秘门的人全部炼成这种丹的话，就能解释得通他短短几日修为突飞猛进的事实了。

“必须去隐秘门证实一下！”叶子坚定地说道。

“嗯！”龙图圣君点点头，然后对夏敏说，“传书曾子青，让他们在佣兵殿查一下最近大规模武者死亡的事件有多少，然后再传书宇，接应曾子青几人到中青帮等我们。”

“是！”夏敏领命。

“等一下，不要告诉他们真相，只让他们调查即可。”叶子嘱咐了一句。

之后，龙图圣君又对叶子说：“我们即刻出发，连夜赶往落霞岛。”

"嗯！"

说罢，三人分开。夏敏去传送消息，而叶子和龙图圣君则赶往落霞岛。

如果此事确凿，那将是一件震惊整个玛法大陆的事件。用如此歹毒的手段，以武者为引，炼制与武者修为对等的丹药，这种有违天理的事必须阻止。之所以那么多人趋之若鹜，还是因为这个世界以实力为尊。

但是，叶子相信，更多的武者本性都是善良的，只不过在这样一个弱肉强食的世界中，必须隐藏自己的本心。

怒火在叶子心中越燃越旺。此时，已经不再是仇恨，而是生而为人所应负担的责任。

……

整整两天，两人几乎没有任何停歇，一路飞到落霞岛。叶子有些感慨，这个曾经生活了五年的地方，如今又回来了。这次，自己不再是那个小小的凡人，而是一个已经可以独当一面的天人境界高手了。为了避人耳目，两人上岛后就不再御空飞行，而是选择陆地行走，以免被人怀疑。

"从这里走到隐秘门，日夜兼程，差不多还要一天。"龙图圣君站在一棵大树上，望着隐秘门的方向。

叶子并没有上去，而是用斗篷上的罩帽罩住头："我们走吧。"

说罢，她率先启程，片刻后龙图圣君从后面赶了上来。

"叶子，如果我们真的确认了这件事，你要如何？"

"将他们彻底铲除。"叶子毫不犹豫地回答。

"如果过程中遇到你无法逾越的障碍呢？"

"那我就一遍遍越过去！"

龙图圣君看着叶子坚定的背影，心中百感交集。叶子只不过是一个名不见经传的小人物，本是一个为了复仇在世间挣扎的人。此刻她却敢于背负起人类的荣辱，向那不可触及的巅峰挑战。如果叶子能活下来，必将成为名动一方的天骄。再看看自己——龙图圣君，自幼天赋异禀，修炼顺风顺水。活了这么大，除了修行，对其他的事一概不闻不问。即便明天就是世界末日，自己也会抓紧最后一秒修炼一番。直到遇到叶子龙图圣君才发现，这个世界上，有着比修炼更美好的事，哪怕这些事充满危险，哪怕没有明天。

这时，两人听到不远处传来了一阵打斗的声音，便暗中潜伏过去，想看个究竟。只见六七个武者正追着一个人。

"小贼！别跑！"

"他妈的！把银子留下来！"

追的几人边跑边喊，而前面被追的那个武者，叶子看着很眼熟。

"福宝？"叶子惊讶。

"你们认识？"龙图圣君问。

叶子点点头："嗯，算是我在大盛帮唯一的朋友吧。"

"既然如此，那便去帮帮他吧。"

说罢，龙图圣君消失在原地，再次出现时，已经站在了福宝的面前。

福宝一个急停，焦急地看着龙图圣君："阁下，为何阻我去路？"龙图圣君冷哼一声，福宝只感浑身一个激灵，急忙一缩脖子，可之后什么也没发生。

福宝不由得慢慢抬起头，谨慎地看着龙图圣君，然后又回头看了看追兵，却惊讶地发现追来的几人已经横七竖八地躺在地上，左右翻滚着站不起来了。

"英雄！多谢救命之恩啊！"福宝立刻作了个揖。

"怎么回事？"龙图圣君问道。

福宝叹了口气："唉，我本路过此地，谁知道突然杀出这群人就要抢我。"

"你放屁！"此时躺在地上打滚的一个武者指着福宝就骂，"明明……明明是你抢了我们的东西！"

"嗯？"龙图圣君一听说法不一致，对着地上打滚的武者一伸手，一股吸力瞬间就将他们吸到手上。

"你说，怎么回事？"龙图圣君喝道。

"哎哟，我说，我说，我们本来打算私下里卖些东西，结果这胖子，说他要，可是，拿了货他就跑，银子也不给，所以我们才追的啊……"此时，福宝尴尬地再次缩了一下脑袋。龙图圣君顿时明白了，看来这武者所言不假了。

龙图圣君把武者放下，然后看向福宝："还不把银两给他们！"

福宝尴尬地笑了笑："那个，我要有银子我……我还跑什么……"龙图圣君很是无语，叶子怎么就交了这么一个二货朋友。

"既然如此，就把东西还给人家！"龙图圣君喝道。

福宝虽然不乐意，但在这种强者面前还是不敢造次，于是磨磨叽叽地从空间袋里拿出东西打算还给对方，龙图圣君看到这个东西时却大吃一惊。

"等等！"龙图圣君一把夺过这个东西。正是用武者炼制的真气丹！

龙图圣君脸色瞬间阴沉下来，身上的气势陡然而出，死死压制住了那个武者："这个东西你从哪里弄来的？"

那武者也吓得半死，支支吾吾地说："别……别人给我的……"

"给我说说详细经过！"

"是……"武者便说起之前遇到的事情。

原来这几个武者乃是落霞岛的散修，天赋不高，也不求上进，平日里打打杀杀，猎取点低级的妖兽度日。

前几日，突然一个背着三把刀的武者找到他们，让他们帮忙清理一下隐秘门，当时整个落霞岛都知道隐秘门的人被蔡武屠杀了。

本来几人不是很愿意，但那武者拿出几个丹药作为答谢。他们一看这丹药蕴含了大量的真气，如果卖掉，足够几人潇洒好几年的，就答应了下来。

清理完隐秘门后，他们如约拿到了丹药，于是打算找人脱手卖掉。之后，他们便遇到了福宝。福宝也知道这玩意儿是好东西，就要以每颗十金的价格收购。几人自然乐得如此，便拿出所有的丹药交给福宝。谁知福宝收起丹药，不但没拿出金币来，反而拔腿就跑，这才有了今日的追逐。

龙图圣君听完点点头，然后说道："把你所有的这种丹药都给我！"武者看了一眼福宝，没再说话，福宝鉴于龙图圣君的修为，只得把所有的真气丹都拿了出来。一共五颗。

龙图圣君感受了一番，将其放入自己的空间袋，然后拿出八十金交给那个武者："就当我买了。"

"多谢阁下，多谢阁下！"武者千恩万谢，本以为会竹篮打水一场空，没想到还多得了三十金。只不过此时福宝的脸色很不好看，自己到头来什么都没得到。龙图圣君把福宝扣下，让其他武者走了。叶子在不远处把一切都看在眼里，不禁莞尔，这龙图圣君装起高人来还真不含糊。

"阁下，我是不是也可以走了？"福宝小心翼翼地问道。

龙图圣君瞥了福宝一眼："你不行，有人要见你。"

福宝一听，就害怕了："哎哟哟，阁下啊，我上有八十岁老母，下有……下有嗷嗷待哺的旺财，你可不能杀我啊……"

龙图圣君不置可否，便不再理福宝。这时，叶子也走过来，看到福宝那尿样，摇了摇头。

福宝见又来一人，便过来哀求："阁下，你快救救我吧……"

"闭嘴！"叶子说道。

这句话让福宝一愣，有一种熟悉的气息，但一时又想不起来是谁。于是，叶子便将头罩摘了下来。

福宝一惊："叶师姐！

"叶师姐！真的是你吗？"

"如假包换。"叶子没好气地回了一句。

福宝更惊讶了："叶师姐！……你能说话了？"

"怎么？你希望我永远说不了话吗？"

"不不不不，叶师姐啊，我好想你啊，呜呜呜……"说着，福宝还真哭了出来。

"行了行了，别演了。"叶子看着福宝。福宝偷偷瞄了一眼叶子，这才"嘿嘿"一笑，恢复常态。

"这里不是说话的地方，我们换个地方。"叶子看了一下四周说道。龙图圣君也点点头，抓起福宝，和叶子一起瞬间消失在原地，再出现的时候三人已经在一片树林之中。

福宝有点蒙："叶师姐……你……你现在什么境界？"

"问我？我还想问你呢，你不是在帮派中吗？怎么跑到落霞岛来了？"

福宝长叹一声："唉，还不是因为那个可恶的顾秀，知道我与师姐你关系好，便处处针对我，前几天又让我来落霞岛收取每月开采的矿石。我现在在帮派的处境，就和叶师姐你那时候一样啊，处处被人刁难。"

福宝说着，脸上浮现出一丝忧伤。

"顾秀……"叶子咬着牙，恨恨地说。

福宝见状急忙劝道："叶师姐，你别冲动，现在顾秀不知怎么了，修为突飞猛进，已经踏入天仙境了，已然成为帮派第一天骄了。

"说句难听的，师姐你估计没……没机会找她报仇了……"叶子却不以为然，顾秀的修为怎么上去的，她心知肚明。

"我记得你在落霞岛还有一处宅院，现在可还在？"叶子问福宝。

福宝点点头："在在在，我昨个刚从那儿出来。"

"好，先去你那儿再说吧。"三人便往福宝的宅院走去。路程不是很远，三个时辰后，几人便到了目的地。

福宝的宅院位于大盛帮营地的西边，地理位置比较偏僻。任谁也想不到，此时叶子和龙图圣君就在这里。福宝去沏茶，留下叶子和龙图圣君。

龙图圣君拿出之前买下的几颗真气丹："看来不用去隐秘门了，就算有证据，也被那几个武者销毁了。"

叶子也认为如此："嗯，不过，有人肯以这种丹作为答谢，这其中应该不会这么简单。"

龙图圣君笑道："不愧是叶子，果然心思缜密。"说罢便将几颗真气丹交给了叶子。

"你看看这几颗丹有何不同？"

叶子感受了一番："嗯？上面附有其他武者的真气，应该是用来追踪的。"

"没错，看来此丹是故意放出来的。"

叶子琢磨了片刻，似乎想到什么。"我猜，那给丹之人之所以在上面留下真气，就是想看看此丹在市场上的流通性怎么样吧。"

龙图圣君点头道："嗯，不过我倒是有个办法。"

此时，福宝进来了，拎着一壶热茶，走到两人面前给两人沏满，又给自己倒了一杯。

龙图圣君将桌子上的真气丹推到福宝面前："喏，你拿着。"

福宝大喜："这，给我啦？"

龙图圣君一板脸："想得美，让你拿着而已。"

福宝一脸失望："阁下这是要考验我的心性吗？"

龙图圣君和叶子对视一眼，显然看出福宝的不靠谱。

叶子心生一计，对福宝讲道："福宝，你想不想挣一百个金币？"

福宝听到后两眼放光，点头如鸡啄碎米，龙图圣君苦笑着摇头。三人便开始谋划，整整一夜，算是制订好了计划。当然，叶子并没有告诉福宝这真气丹的来历，以福宝的心性，此时估计抗不住严刑逼供。

次日清晨，福宝想象着自己荣华富贵的生活，满怀期待地上路了。

隐秘门也没有去的必要了，此时两人还有三件事要做：一是回中州与曾子青碰面，了解一下近期哪儿有武者大规模死亡的消息；二是等待福宝执行完任务；三是福宝提供的一个消息，即顾秀的修为大增，要代表大盛帮去参加仙缘大会。

所谓仙缘大会，乃是皇室每二十年举办一次的盛会。参加者来自五湖四海，甚至有从西域等极其遥远的地方来的帮派。而盛会的目的，就是选出这届大会最出色的天骄，得到皇室的嘉奖与重用。几乎所有门派的弟子都以加入皇室为荣，因为皇室有着极其强大的传承。所以在中州，无论多强大的门派，都有一个不成文的规矩，那就是绝不和皇室作对。

这盛会之所以叫仙缘大会，是因为皇室每每都会在大会比拼中放出一些皇室中珍贵的传承，有缘者得之。而这些传承都是皇室中的前辈大能一生的精华，甚至可以让武者问鼎仙境，故而这盛会才被称为仙缘大会。所谓仙境，乃是凌驾于圣境之上的境界。

武者达到天仙三重，就不用再像常规修炼那样，通过真气突破境界了，而是要悟道和融道。所谓悟道，就是感悟天地之力，悟出与自己相符的"道"，这个阶段被称为半仙。所谓融道，就是将感悟出的"道"融合到自己的身体之中，这个阶段被称为真仙。真仙之后，便可以根据感悟天地大道的多少来区分实力了。

这次的仙缘大会将在四天后举行，届时有来自各地的二十多个顶级帮派参加。叶子和龙图圣君都认为，真气丹一定和仙缘大会有关，否则也不会在仙缘大会之前突然出现。

"这仙缘大会，必须要去了。"叶子说道。

龙图圣君却比较犯愁："可仙缘大会只有顶级门派的天骄才能参加，散修必须通过为期一年的考核才能参加，此时你作为散修参加已经来不及了。"

叶子也觉得是个问题，便看向龙图圣君说："若我以中青帮为背景呢？"

龙图圣君仍然摇摇头："不行，我中青帮只是中级帮派，没资格参加，观赏倒是可以。"

"还有四天的时间，先回中州再想办法吧。"叶子说道。

龙图圣君点头，也只能如此了。两人返回中州，先与曾子青等人会合。

……

两天后，两人回到了中州。

自从叶子加入佣兵殿以来，几乎就没再遭受过暗杀。也许是佣兵殿的中立属性让幕后之人忌惮，也许是因为叶子的修为一直使人以为她还在凡人境，顾秀认为自己早已远远甩开了叶子，叶子对她而言已经不足为惧。两人回到了中青帮，曾子青三人早就在此等候了。

"查得如何？"叶子见面第一句就问曾子青。

董志惊讶："大姐果然能说话了，夏敏姑娘告诉我时我还不信。"

"能说话了就行。"曾子青面色严肃地说道，"大姐，我们查了，确实有多起武者死亡的情况，但任务都是去调查，我们已经接下了。"说着，曾子青就将佣兵令牌拿出来，将任务共享给叶子。叶子浏览了一遍任务，一共两个：一个是中州城外两个门派械斗，死伤二十六人，让佣兵殿的佣兵前去调查原因；第二个是丰茂商行遭遇抢劫，歹徒将整个商行的武者全部杀死，没留活口，共计十六人，佣兵殿的任务也是去调查。

"这两个任务应该与此事无关。"叶子摇摇头，"还有其他线索没？"

曾子青想了想，摇摇头："好像其他的任务都和武者失踪无关了。"

这时，很久没说话的玉猫突然想起来："倒是有一件事让我留意到，最近城里多了许多陌生的武者，而且个个修为不凡。"

"那是因为两天后就是仙缘大会了。"龙图圣君道，"各地武者也差不多聚集到中州了。"叶子没有说话，似乎想到了什么。

"不对，我们一开始的方向就错了。"叶子一把抓住龙图圣君，"他们的目标本就是外来的武者！"

"我倒是有办法找到来访帮派和武者的名单，你等我一下！"说罢龙图圣君便急匆匆地离去。

曾子青奇怪："大姐，我们聊的不是一件事吗？"

"是一件事。"叶子说道，"但是其中一些事，你们暂时还是不知道为好。"

玉猫眉头一皱："我们既然是一个小队，最好不要有所隐瞒。"

"叶子自有分寸，该让我们知道的时候自会让我们知道。"董志看着玉猫说道。

"嗯，最好如你所说。"玉猫闭上眼，不再说话。

这时候，龙图圣君回来了，众人看向龙图圣君。只见龙图圣君手中拿着一份卷宗："这是目前为止会参加仙缘大会的人员名单。"

"这么快？"叶子有些惊讶。

龙图圣君倒是有些得意："好歹我中青帮也是一个中级帮派，别人有的渠道我也有。"叶子接过卷宗，看了起来。

"十三个中州以外的帮派，这仙缘大会倒是挺有吸引力。"

龙图圣君坐在一旁道："嗯，恐怕这十三家帮派就是目标了。"

"散修武者的数量也不少，我们还是先把目标放在这些境外的帮派吧。"叶子说道。龙图圣君也赞成，其他几人则是一头雾水。

曾子青看了看两人说道："我说，咱们是要打劫这十三家帮派吗？"

"打劫？"龙图圣君白了曾子青一眼，"你可知这些帮派都是整个大陆顶尖的帮派，有的甚至传承了数百年。"

"那岂不是很有钱？"曾子青两眼放光。

龙图圣君道："确实有钱，不过也有实力，这次恐怕有半仙境的武者前来，你拿什么打劫？"

曾子青吐了吐舌头，半仙境啊，一个眼神自己估计就死得不能再死了。

"行了，我们先确保这十三个帮派是否安全吧！"叶子说罢，看向曾子青三人，"子青，你和董志还有玉猫分头去确认一下这十三个帮派是否已经抵达中州。"

"嗯，好。"

"记住不要和对方产生冲突。"龙图圣君又嘱咐了一句。

"只要确认他们安然无恙就行，明白吗？"叶子问道。

曾子青点点头："明白，交给我们吧。"

几人也没有啰唆，纷纷起身去办事了，只留下龙图圣君和叶子两人。

"现在只能等他们的消息了。"叶子道。

龙图圣君只是点点头，却没有起身，仍然坐在座位上，似有话要说。

叶子见状，便说道："怎么？有什么话说不出口？"

龙图圣君叹了口气："哎，也不是，刚才字找我聊了几句。"

"字？是中青帮的副帮主吧？"

"嗯，他问我事情处理得怎么样了。"龙图圣君说着，抬起头看着叶子，"但是我并没有告诉他真气丹的事。"

"虽说这件事知道的人越少越好，但你若要动用帮派资源，我觉得还是告知字比较好。"

"不。"龙图圣君摇摇头，"你不了解他，他并不关心这种事情。"

"那你打算怎么办？"

"叶子。"龙图圣君认真看着叶子，"你可还记得，当初我帮你的原因？"

"当然，以防将军坟步了矿洞的后尘。"

"没错，但是当时以为矿洞只是单纯的走私黑铁矿而已……"

"我明白。"叶子打断了龙图圣君的话，"事到如今，事情已经超出我们的预料太多了。"

叶子认真看着龙图圣君继续说："你也不必为难，你已经帮了我很多了，去做你该做的事吧。"

龙图圣君没有回答，而是问道："叶子，我问你，即便与全世界为敌，你也要走下去吗？"

"武者与天争命，全世界又如何。"叶子眼中的坚韧让龙图圣君心中一颤。

"哈哈哈哈哈！"龙图圣君大笑一声，"好一个与天争命！想我堂堂龙图圣君，居然还没一个女子有气魄。"

"曾经的我认为修炼就是世间唯一要做的事。"龙图圣君感叹道，"直到今天我才发现，我的格局有点小了。初识你时，我觉得我们如同站在一座高塔之中，我在五层，你在三层，我在五层所见的风景，是你三层所看不到的，故而我认为我可以指点你，帮助你。可如今看来，你根本不是要爬到更高的楼层，而是要走到最低的楼层，离开这座塔，从此天高海阔！如此我便显得安于一隅了，惭愧。"龙图圣君闭上眼，沉吟片刻，似乎做了一个艰难的决定。

龙图圣君再次睁开眼时，眼中充满了期待："叶子，这条路，我陪你走下去。我也要与天争一回！"

叶子会心一笑。

"从此刻起，我中青帮所有的资源任你调用。"说罢，便拿出了帮主令牌，一把扔给叶子。

"这是帮主令，你收好！"

叶子接住帮主令，看了看后又扔回给龙图圣君："我用不着你的帮主令，你还是自己收好吧。"

其实叶子也很开心，能得到龙图圣君如此的支持。

"这……"龙图圣君拿着被扔回的令牌，突然想起什么，"对对对，是我唐突了。叶姑娘若不嫌弃，可随我在中青帮转转。"叶子一想，此时反正也无事，便应了下来。

两人离开密室，便在龙图圣君的带领下游览起中青帮。总体上说，中青帮和其他中级帮派差不多，什么山水树木鸟语花香该有的都有，说难听点，就是没什么特色。不过，帮派中的弟子们都比较认真，该修炼的修炼，该学习的学习，倒是呈现一派蒸蒸日上之势。

游览完外围，龙图圣君便带着叶子来到了内部。

首先来到的是一处古宅，此时一个人正坐在宅中的蒲团上打坐。见有人来，那人便睁开了眼睛。

龙图圣君正好介绍起来："这位便是我们的副帮主，宇。"

叶子对宇微微一笑，行了一礼："见过宇帮主。"

"哈哈，叶姑娘不必客气。"宇还礼，继续说道，"早就听龙图提起过你，今日一见果然出尘不凡。"宇这话一出，听得叶子眼皮子直跳，客气一番，叶子便不再说话。龙图圣君与宇东拉西扯了几句，便带着叶子离开了。

他们途经一个古色古香的庭院，看上去很是别致。但是，龙图圣君并没有带叶子进去。

叶子揶揄道："这里边住的可是帮主夫人？"

"哎？"龙图圣君反应很大，"叶子你可不要乱讲，本帮主醉心修行，如今可还是孤家寡人一个啊。"

叶子点点头："原来如此，那就是金屋藏娇了。"

"你可别毁我清白啊，那庭院乃是我方师姐的居所，只不过她一直云游在外，无人居住罢了。"

"你也不用解释得那么清楚。"叶子笑道。龙图圣君显得有些尴尬，只能随便聊点别的遮掩过去。随后，龙图圣君又带着叶子见了几大长老。甚至一些首席弟子也给叶子介绍了一遍，哪怕是客卿长老都给介绍了一下，弄得好像在交代遗言似的。

不过，让叶子感兴趣的是其中的一个客卿长老。这位客卿长老叫周游，天人九重，乃是整个中青帮中唯一一个对帮主不太尊重的武者。不过，龙图圣君也不介意，本来龙图圣君就比较反感那些繁文缛节，有周游这么一个另类，龙图圣君反而觉得更自在。叶子也觉得此人蛮有意思，便多聊了些。游览完中青帮，这一天就算过去了。

到了晚上，曾子青三人也陆续归来。首先回来的是董志，他负责排查的几家帮派都已经抵达中州。随后回来的是玉猫，同样没有发现异样。最后回来的是曾子青，同样一无所获。

叶子陷入了沉思："难道说这些境外帮派不是他们的目标？"

反观龙图圣君，倒是没有任何急切的表情，一副神神秘秘的样子看着大家。

"诸位，"此时龙图圣君说道，"我们都知道这个世界实力为尊，大家这些天忙里忙外的也没什么机会修炼。"

说着，龙图圣君拿出三个空间袋放在桌子上："既然大家来我中青帮，我便拿出些资源，助大家修行一番，提升一下实力。"三人虽高兴，但事情似乎没什么进展，便都看向叶子。

龙图圣君见大家为难，便又说："此事也不是一天两天就能解决的，既然现在没有新的进展，倒不如休息一下，提升一下个人实力。"

叶子也觉得言之有理："嗯，确实，或许是我太着急了。"

然后，叶子看着三人继续说："你们拿着吧，这也是你们应得的。"

"谢杨帮主！"三人道谢一声，纷纷收起空间袋。

"呵呵，不必客气。"龙图圣君笑道，"我给各位准备了修炼密室，若不嫌弃，门外的弟子会带你们前去。"

聪明人都能听出来，这是要赶三人走，给龙图圣君创造机会啊！曾子青"嘿嘿"一笑说道："杨帮主，我懂，我懂，嘿嘿。"说着，三人带着会意的笑容，一起离开了。

叶子不知道龙图圣君葫芦里卖的什么药："你这是什么意思？"

"再往后的事，他们已经不适合参与了。"龙图圣君脸色严肃，"他们的实力太低，继续深入下去恐有性命之忧。"

叶子说道："这个我也想过，但以他们的性格，岂会善罢甘休？"

"所以我给了他们足够的修炼资源，他们暂时就好好闭关吧。"

叶子叹了口气："这也算不是办法的办法了。"

这时，龙图圣君又拿出一个空间袋，推到叶子面前："你也是，去提升一下实力吧。"叶子一愣，奇怪地看着龙图圣君。

龙图圣君笑道："呵呵，你别误会，我可不敢关你的禁闭。这两天见你气息浮动，似要突破境界了，今晚就安心修炼吧，有什么事明天再说。"

叶子心中一暖，不知道多久没有人对自己这么好过了。从前每天都过着钩心斗角、刀口舔血的日子，每天都活在复仇的阴影之下，早已忘记了被人关怀的滋味。武者也是人，又怎能不被感动？但叶子也知道，此时不是儿女情长的时候，自己还有使命要完成。而龙图圣君的心意，叶子却深深记在了心里。

……

打开修炼密室的大门。房间不大，里面的陈设很简单，中间是一个修炼打坐的蒲团，蒲团下面有一个聚灵阵，可以聚集真气不使其外泄，能有效提升修炼效率。旁边有一池清泉，被隔音阵法阻隔了水声。整个房间是用特殊材料制成的，不但声音传不进来，而且还坚固无比。门也是用阵法加强过的，外面打不开，必须由里面才能打开。如此优良的修炼环境，只有门派之中有贡献的成员才能享用。

叶子知道龙图圣君用心良苦，便也没有耽搁，直接坐在蒲团上，打开龙图圣君给的空间袋。里面高品的修炼材料还真不少，丹药灵石数之不尽。

叶子这时才想起来，自打从巨兽腹中逃出来后，所缴获的空间袋就几乎没有检查过。于是，叶子从空间戒中把那些空间袋纷纷拿出，足有几十个之多。叶子只感觉脑袋嗡嗡作响，这么多空间袋，要收拾也得花不少时间。但也不能这么放着，叶子叹了口气，便动手收拾起来。足足两个时辰，叶子才收拾得差不多。

最后一统计：

金币三百二十金。

各种奇奇怪怪的武器四十多件，可惜没一个自己能用的。

功法技能十几本，倒是其中那本《金刚护体》让叶子挺感兴趣。这是一门防御技能，需损耗大量真气，一定时间内能大幅增加自身的防御能力，具有近乎变态的防御效果。

丹药也有不少，不过都是些上不了台面的丹药，只有少部分是高级丹药。

倒是有一些卷宗值得一看，大部分是一些帮派的隐秘资料。不过，叶子也懒得看，回头让董志看完讲给自己听吧。

除此之外，还有好多各个门派的令牌。还有就是一些日用品，吃的、穿的等。

值得注意的是，不知道谁的空间袋里有一簇淡青色的火苗，而且被封印了起来，暖洋洋的。叶子把它放在一边。

还有一株绿色的草，呈触须状，仅仅是拿在手里，就感觉一股强大的生机源源不断地传入叶子体内。叶子知道这肯定是个好东西，便收了起来。

现在，叶子打坐入定，开始修炼。但没过几分钟，叶子便睁开眼睛。自己体内的寒冰之力似乎总不安生，要不是叶子压制着，寒冰之力早就冲出体外了。正因如此，叶子无法静下心来修炼。叶子索性不再管体内的寒冰之力，任其冲出体外。如此，叶子感觉良好，便再次闭上眼睛开始修炼。

这时候，叶子感到一股暖流传遍全身，很舒服，似乎要将体内的寒冰之力挤出体外。而寒冰之力又不妥协，一冷一热互相纠缠，谁都不让谁。

"这是怎么回事？"叶子心中暗想，然后睁开了眼。

这时，叶子感觉到身体里的寒冰之力在吸收那簇淡青色的火苗。而刚才两方的抗争就是被吸进体内的淡青色火苗和寒冰之力在争夺。

叶子心中一紧："怎么会这样？"她急忙调动体内真气来压制两股力量，结果毫无效果。两股力量就这样不断地互相争夺，没过多久，这两股力量似乎各自找到了平衡点。

此时，叶子感觉自己身体里的冰火两种力量在快速融合，最终形成阴阳两极、冰火共处的局面。就在两种力量平稳下来的一刹那，叶子的修为瓶颈终于突破了。

冰火之力包裹住叶子身边散落的丹药，不到一息的时间，那些丹药中的真气便被一吸而空，直冲天人十二重！

叶子这才正视自己这冰火之力的作用：以前只拥有寒冰之力时才发现可以吸收真气，但又担心会有什么副作用，便一直不曾使用。大部分的战斗叶子都是靠自己本身的实力取胜，所以就没有太在意寒冰之力吸收真气的事情，只是把它当作一种技能来提高战力。此刻，随着叶子修为的提升，冰火之力的作用愈加明显。叶子感受了一下自己体内澎湃的战力，加上自己的手段，哪怕遇到天仙境都有一战之力。

此时天已蒙蒙亮，这一夜的修炼收获巨大。剩下的时间叶子便用来巩固修为。又过了一个时辰，叶子修炼结束。

修为彻底稳固在圣君境界，离天仙境只有一步之遥了。不过从表面看，叶子仍然还是凡人境。

当叶子打开密室大门的时候，龙图圣君早已在外面等着叶子。

"收获如何？"龙图圣君笑道。

此时叶子感受到龙图圣君的修为居然到了天仙境，很是惊讶。要知道龙图圣君并没有叶子这般奇遇，普通武者提升一个境界要几年。而龙图圣君却可以在短期内突破，可见龙图圣君的天赋之高。但谁都有自己的秘密，所以叶子也没说什么，只是笑一笑说道："收获很大。"

龙图圣君点点头，然后对叶子说道："嗯，随我来。"

此时天还没亮，正是黎明前最黑暗的时刻。龙图圣君带着叶子来到了中青帮所在最高峰的山顶。

"我是担心以后没这个机会了。"龙图圣君笑道。叶子不解地看着龙图圣君。

龙图圣君说道："知道我为何选此开宗立派吗？"叶子仍然看着龙图圣君，等待着他的回答。

"因为这是中州最高的一处。"龙图圣君道。

"高处不胜寒。"

"未必，你且看。"说着，龙图圣君指向前方的一片黑暗。叶子看向远方，黑暗无比，又寂静无声。

就在此刻，一道刺眼的光芒闪耀出现，转瞬之间，整个海天相接处便亮了起来。太阳出来了。一切黑暗都烟消云散，一切魑魅魍魉都难以遁形。龙图圣君笑眯眯地看着日出。

"之后的路就像黎明之前的黑暗一样，你甚至不知道该往哪儿走，但只要坚持下去，一定能迎来日出。"

"受教了。"叶子淡淡地说道。

不是叶子敷衍，而是这日出景色真的太美了，为此经历再大的苦难都无所谓。

直到阳光开始刺眼，叶子才收回目光。叶子也发现，自己似乎忽略了这世上的很多美好。

这时，龙图圣君将一颗珠子交给叶子。

"这是什么？"叶子问。

"舍利子。"

"这有什么用？"叶子再问。

"严格来说没什么用，但若加持了自己的信念，则能保你平安大吉。"

叶子笑了笑，知道这是龙图圣君想送自己些东西，至于是不是真如龙图圣君所说的那样，其实对叶子来说无所谓。

"走吧，我们还有一件事要做。"龙图圣君说道。

叶子纳闷龙图圣君最近这是怎么了，不过人家既然说了，就先跟过去看看吧。随后，两人便来到了中青帮的主厅中。

一路上，叶子发现整个中青帮的成员都显得很匆忙，好似发生了什么重要的事。不过，叶子并没有往心里去，也许是有什么紧急任务。

两人落座。龙图圣君显得很开心，待下人上了茶后，龙图圣君屏退了不相干的人。龙图圣君只是在喝茶，并没有说什么。

叶子奇怪，不禁问道："你这是在憋什么坏主意？"

龙图圣君道："怎么会！稍等片刻便知。"既然龙图圣君都这么说了，叶子也没再多问。

不多时，五道强悍的气息御空而来，正是中青帮的五大长老。除大长老有着天仙修为外，其他四位长老都是圣君境的修为。

"各位长老，请坐。"龙图圣君立刻说道。

几位长老落座后，叶子明显看出来，只有三长老和五长老对自己有敌意，其他几位长老倒是面带笑容，没什么架子。

这时，满脸不屑的三长老问道："这就是你说的那个什么叶子？"

"正是。"龙图圣君答道。

"哼。"三长老更加不屑，"只是一个凡人境的女娃，能有什么过人之处！"

龙图圣君笑而不语，而是看向叶子："叶子，我有个问题想问问你。"

"说。"叶子脸色不是很好，要不是看龙图圣君的面子，三长老这般无理她早就怼回去了。

"你也知道，中青帮发现了一处秘境，如果换作是你，你会如何运作？"龙图圣君问道。

"将军坟？"叶子看向龙图圣君，见龙图圣君点头确认，叶子继续说，"若是我的话，我会第一时间公开于天下。众所周知，掌握一处秘境的帮派会升级为顶级帮派。成为顶级帮派，又有一处新的秘境待开发，还怕找不到可用之才吗？"

"你就不怕引来别有用心之人？"三长老呵斥道。

叶子笑道："之所以别有用心，那是因为想从中获利，我们大可以满足他，只要他有能耐。"

"若是有其他帮派想抢夺秘境控制权呢？"这时，一直不说话的大长老问道。

叶子答道："任何一方，终归都是一个'利'字，想必中青帮也有一些与自己关系较好的帮派，倒不如与其合作，一来防止外帮窥伺，二来可以迅速稳固地位，只要控制权仍在自己手里，待中青帮彻底稳住根基，那还不是自己说了算。"

"哈哈哈哈！"龙图圣君大笑道，"诸位长老，可还有什么疑问？"

三长老仍然很不屑："哼，伶牙俐齿，到头来都是纸上谈兵！"

叶子不客气地说道："怎么？贵帮好歹也是掌握了秘境的帮派，不会连个执行计划的人选都没有吧？"

"你……"三长老怒目而视。

"好了。"大长老打断了三长老的话，"老三，你也看到了，是我们过于谨慎了，我们需要把目光放得长远些。"

二长老也说道："嗯，就这样吧，我们也赌一次吧！"

龙图圣君看向三长老："三长老，你的意思呢？"

三长老白了一眼龙图圣君："大家都没意见，我再有意见岂不显得我小气！"

"那么，就剩五长老了。"龙图圣君看向五长老。

五长老站起来，眼中满是战意地对叶子说："听帮主说，你并不是表面看上去的凡人境？"

"侥幸能跨级战斗。"叶子道。

"我也不欺负你。"五长老道，"我将修为压制到天人四重，你可敢与我一战？"

"不必了。"叶子说，"虽然不知道你们这么做是什么意思，但我也不介意你们一起上。"

叶子此话一出，众人大怒："狂妄！"连向来冷静的大长老都不由得皱起眉来。

三长老站起来，指着叶子怒喝："如此狂妄，今天老夫就让你清醒清醒！"说罢，一股强大的威压涌向叶子。

叶子并没有像三长老想象的那样被压得动不了，而是轻松地站起来，对三长老揶揄一笑，随即叶子也爆发出一股比三长老还要强盛数倍的威压。顿时，除了大长老能勉强支撑外，其他四位长老纷纷被禁锢住，任他们如何挣扎也丝毫无法移动。

"怎么？你们还有什么问题吗？"叶子问道。

龙图圣君全程没有插手，就在一边悠闲地品着茶，哪怕几位长老被禁锢住，龙图圣君也没有理会。

"行了！"大长老低喝一声，禁锢众人的威压才立刻被驱散。

大长老深深看了一眼叶子道："年纪轻轻居然有如此实力，真乃妖孽。"

说罢，他看向龙图圣君："帮主，此事就按你说的来吧，我等不再阻拦。"

三长老和五长老面色铁青，也没再开口说什么。这就代表其他四位长老已经承认了叶子。

"之后的事情，帮主做主即可，我等还有要事，先行告退了。"

大长老扔下一句话，便和其他几位长老离开了，留下叶子和龙图圣君两人。

叶子心中不忿："你这是要干什么？"

龙图圣君笑了笑："你别生气，不打发了那几个老家伙事情不好办。"

"呵？那你说吧。你那几位长老估计恨死我了。"

"哈哈哈。"龙图圣君笑道，"不会的，都是自己人。"

叶子没说话，看着龙图圣君。

龙图圣君这才正色道："明天就是仙缘大会了，你将代表我们中青帮去参加，如何？"

"什么？"叶子一惊，"中青帮只是……"

说到此，叶子就算再傻，也明白之前几位长老意欲何为了。"你对外公布了秘境，中青帮晋升为顶级势力了？"叶子问道。

"没错。"龙图圣君答道，"我们不能再故步自封了。"

"但是，你可做好了准备？"

"所以今天才让几位长老来倾听一下你的教导。"龙图圣君得意地说道。

叶子沉默了，她知道龙图圣君之所以公布秘境，其实就是为了让自己去参加仙缘大会。这时候公布秘境，必然需要大量人手。

"将曾子青他们放出来吧，我让他们帮你。"叶子说道。

"嗯，还有什么需要我去办的吗？"龙图圣君此时就像个听话的孩子，正等着"妈妈"发号施令。

叶子叹气道："此次仙缘大会，能招募的人员必然短缺，你需要部署一下，待大会结束后稳住根基。"

龙图圣君又扔给叶子一块令牌："这是帮主的子令，拥有和我一样的权力，需要怎么部署，你看着来吧。"

叶子看了看手里的令牌："怎么，不给我帮主令牌了？"

"给你你也会还回来，倒不如给你个子令，用不用的你留着就是。"

"呵呵，我去找子青他们，该怎么部署你比我清楚，你就是懒。"

被看穿的龙图圣君尴尬地挠了挠头："哎，本君最烦的就是这些事……"

"别急，董志比较擅长做这类事情，有些事你可以交给他。"

龙图圣君点点头："你去吧，好好准备明天的大会。"

叶子先去将曾子青几人带出来，然后把事情大概跟他们叙述了一遍。曾子青等人了解后，自然不会推托，他们自知仙缘大会与他们无缘，还不如做点实际的事情。

整个中青帮一片忙碌。

……

第六章

抽丝剥茧　拨云见日

次日清晨，叶子早早就离开了中青帮。

仙缘大会在皇室举办，因此路程不远，街上还像往常一样，并没有因为仙缘大会而有什么不同，毕竟这种大会一般的武者也无法参加。

皇宫是一个神秘的地方，除有着悠久的历史外，还有很多传说。

叶子刚认识夏敏的时候，夏敏就说过，皇宫里有一座传送阵，据说可以通天。起初叶子是不信的，后来经历得多了，境界也高了，慢慢也就相信了。这个世界这么大，一定不止小小的玛法大陆这么简单。至于那个传送阵是去哪里的，叶子相信以自己现在的实力还不到考虑这个问题的时候。

自古以来就流传着一个说法，不要试图与皇室为敌，因为皇室强大得令人胆寒。据说几百年前，曾经有数个顶级帮派联合起来要取代皇室。那一天有上万人在各个帮派的带领下冲入了中州的皇城。但是，从那以后就再也没有人出来过，整个皇室还是像往常一样，神秘而肃穆。

关于皇室的传说还有很多很多，之所以如此，还是因为皇室太过于神秘。神秘到无人敢去猜测其中的秘密。这也是为什么皇室麾下的佣兵殿，各大帮派轻易都不敢招惹。包括皇室经营的商行酒肆，也无人敢在其中放肆。这么神秘的皇室，叶子不好奇那是假的。今天或许有幸可以窥得其秘，对此，叶子满怀期待。

没过多久，叶子就走到了皇城附近。远看过去，皇城门前已经聚集了一批人，没有人说话，都在静静地等待着。叶子自然也加入了等待的人群中。

就在这时，叶子感觉到自己的空间戒中有异动。她的心神进入空间戒才发现，有一块令牌在抖动，正是当初在巨兽腹中获得的那块空间戒中的令牌，上面刻着一个"王"字。叶子此时才明白，所谓的"王"并非王姓，而是王族。"应该不会被发现吧"，叶子如是想着，就没有去管这块令牌。

这时候，皇城的大门缓缓打开，人群中一阵喧哗。这里多数的武者都没有进过皇宫，除兴奋外，还有对皇城的尊敬。人群的喧哗并没有持续多久，就被一道威严的声音喝止。

"欢迎各位参加仙缘大会。"

浑厚的声音从城门中传来，却不见人影。人群肃静下来，很多人好奇地往里面张望着，却没有一个人敢走进去。

门内却没有了声音，大家正感到好奇的时候，人群中一个人上前一步，不耐烦地说道："装神弄鬼的！话说一半什么意思？"

说话的是一个年轻人，看上去二十多岁，从穿着看就是富家少爷，也不知是哪个帮派的"天骄"。说着，这个天骄就要走进皇室大门一探究竟："我倒要看看是谁！"

就在这时候，一阵惊人的威压瞬间袭来，那"天骄"瞬间便爆成了一片血雾。随后那个神秘的声音再次传来："皇室的威严岂是你可以侵犯的！"人群一片鸦雀无声，就连那个被杀"天骄"所在帮派的长辈都不敢吭声，生怕连累到帮派。

叶子在心中冷笑，也不知道哪儿跑来的一个蠢货，能活这么大也不容易了。

"诸位，不要因此扫了雅兴，里面请吧。"神秘的声音再次说道，但依然没有人敢先一步进入。这时候，倒是有几个看似面生的人率先走入大门。大家看到没有任何危险，也纷纷跟着走了进去。

叶子并没有急着进入，而是四下观察，却没有看到顾秀。叶子感到很奇怪，顾秀不是要代表大盛帮参加仙缘大会的吗？怎么此刻却不见一个大盛帮的成员，更别说顾秀了？不过，叶子也没有纠结，而是混在人群中，走进了大门。

走进大门以后，叶子并没有见到想象中那种富丽堂皇的宫殿，而是出现在一片森林的边缘，再回头看去，哪还有什么大门！如此看来，众人应该是进入一个秘境之中了。既然是皇家举办的仙缘大会，倒也没人提出异议，而是站在原地等待着。待人群都进入了以后，那个神秘的声音又飘然而至。

"仙缘大会，寻的是仙缘，有缘者得之。各位都是当今名震天下的天骄，也都受到了上天气运的眷顾，那么比拼的就是实力。生死由命，成败在天，仙缘大会第一关，正式开始。

"如你们所见，这广阔无垠的森林，就是第一关的比赛场地，所有参赛者进入森林的七天内，可以互相抢夺对方的参赛令，最终获得参赛令最多的前五十人晋级。"

场上几百人开始交头接耳，除去陪同参赛者来的帮派长辈外，真正的参赛者有二百多人，而只取前五十人，这淘汰率高得离谱。

"各位可还有不明之处？"

这时，人群中一位老者问道："敢问阁下，这比赛可是禁止生死相搏？"

"怎么？连生死都无法置之度外，何谈成仙？"

这神秘声音的意思很明显。人群瞬间又沸腾起来，这一战可是有可能把性命交待在这里的。

不过，沸腾归沸腾，却没有人离开，能成为天骄的哪个不是经历过生死的人。

这时，神秘的声音再次响起："如果没有其他问题，第一关便正式开始，请各位参赛者进入密林吧。"

各个参赛者怀着忐忑的心情向密林走去。第一个进入密林的人突然消失了，然后是第二个、第三个，只要进入密林后就会消失不见，但大家并没有因此退缩。叶子进入密林后，眼前一阵眩晕，醒来后便出现在了密林中的某处。

这时，叶子才发现这应该是一种阵法，可以将参赛者随机传送到密林中的任何地方，看来以后有时间得多读读书了。

七天的时间，叶子分析了一下。虽然二百多人只取前五十人，那么只要有两块令牌差不多就能排入前一百名。为保险起见，叶子打算获取五块左右的令牌。这样找个地方等待个七天，足够自己跻身前五十了。事实上，几乎大部分参赛的武者都是这么想的。

叶子并不着急，先跳到树顶观察了一下周围的情况，发现不远处有一堆山石。叶子掠空而去，转眼间就到了山石边。

叶子先找了个隐蔽的地方，对着山体轰出一个可用于修炼的山洞，又随意找了些树枝掩盖了一下洞口。倒不是叶子不愿意好好隐藏，只是觉得没有必要。只要没人给自己找麻烦，自己也不会去找别人的麻烦。可就在这时，麻烦来了。

"如此拙劣的隐蔽手段也配来参加仙缘大会？"随着一声高喝，远处一人御空而来。叶子还在欣赏自己的杰作，压根没理会来者。

"喂，我在和你说话呢，你耳朵聋了？"来者大喝一句。

叶子这才转身看去，来者是一名男子，年纪在二十五岁左右，一身华服倒是显得气度不凡，只不过阴郁的面容让叶子生不起好感。男子见叶子转过身来，得意地笑了笑："呵，样貌倒是精致，可惜只有凡人境，真不知道谁给你的胆子来参加仙缘大会。"

"与你何干？"叶子冷冷地答道。

"哟，小美人，脾气还不小，不如从了公子我，还能保你进入第二轮选拔。"

"那不知公子凭什么可以保我呢？"叶子故意问道。

"哼，本公子乃火燕门门主之子燕戚，随我一同来的还有两人，只不过暂时分开罢了。待我找到同门中人，拿个前五十不在话下。"

"噗！"叶子一下没忍住笑了出来："燕戚？今天我就让你咽气！"

说罢，叶子伸出手，庞大的真气瞬间禁锢住了燕戚，手中一用力，燕戚便被摄了过来，叶子一把握住了燕戚的咽喉。

"把你的参赛令交出来。"叶子淡淡地说道。

"你？"燕戚大吃一惊，没想到面前这个女人扮猪吃老虎，"我可是火燕门的少帮主，你想怎样？"

"少帮主，这仙缘大会上少帮主就和白菜一样多，你是自己把参赛令交出来还是我自己拿？"

"我给，我给，女侠手下留情！"说罢，燕戚立刻拿出参赛令交给了叶子。

叶子得了参赛令，也没有为难燕戚，而是一把将其扔出去："滚！"

"是是是……"燕戚连滚带爬地急忙跑了。

刚开场，叶子就获得了一块令牌，也算运气不错。叶子之所以没杀燕戚，一是她跟他无冤无仇，并不想杀人；二是燕戚都说了还有两个同门，自己在这儿等着，运气好的话，很大概率燕戚得带着两个同门来报仇。那时候算上自己的令牌，就有四块了。然后再随便抓一块令牌，就等着第一关时间结束就行了。简单地收拾一下，叶子便进入洞中休息。

也不知道是叶子运气比较差，还是伪装做得比较粗糙，两个时辰后，又来了一个人，站在洞穴外对着叶子喊话。

"是你自己出来，还是我把你打出来？"

无奈之下，叶子只得从洞穴出来。见到眼前之人的时候，她却大吃一惊。此人与其说是人，倒不如说是个怪物。他浑身缠满了绷带，披着一件可有可无的外套，背后还背着一个大卷宗。

"蝼蚁，把你的令牌交出来，我饶你一命。"绷带人语气缓缓地说道。

叶子气得不行，难道表面的修为已经低到被称为蝼蚁的地步了？

不过，叶子也感知了一下，这个绷带人的修为起码有天仙二重，真要动起手来，叶子虽然不惧，但也不好应付。

"好大的口气，你们这些什么少帮主、公子哥、继承人之类的天生都这么狂妄吗？"

叶子生气地继续说道："你娘亲没教过你怎么做人吗？"

绷带人也不生气，而是直接伸出手对着叶子说道："死！"

绷带人本想着仅靠真气就将叶子禁锢而死，没想到叶子一点反应也没有。

"有点本事！"绷带人平静地说着，然后一瞬间消失在原地。他再出现时已经站到叶子背后，抬起一掌便劈了下来。手掌直接贯穿叶子的身体，绷带人这才发现，自己劈到的只是一个虚影，叶子早已闪到之前他站的位置。不过，叶子并没有主动攻击，而是饶有兴趣地看着绷带人。

绷带人本以为叶子轻视他，但正要再次攻向叶子时，突然发现自己腰间的绷带烧了起来，一股幽兰色的火焰很快扩散开来。绷带人用真气一震，火焰不但没有减少，反而扩散得更快了。

"这是什么妖法？"绷带人怒喝，随即使用各种方式企图把火灭掉，但都无济于事。

"什么妖法？你用的技能就是技能，我用的技能就是妖法？"叶子生气地说道。

绷带人冷冷一声："哼，少废话，快将此火撤去，本大爷还能饶你一命！"

叶子一捂头，翻了个白眼："我说你们这些蜜罐里长大的家伙都是什么逻辑？我偏不撤这火焰，我倒要看看你怎么饶我一命！"

此时淡青色火焰几乎燃满了绷带人全身，他还是靠真气支撑着才没让火焰钻入自己的身体。

叶子也很好奇，自从获得这淡青色火焰之后还没有试过它的威力。刚才躲闪绷带人的攻击时，她顺带着释放出了一丝火焰到绷带人的腰间，就是想看看有什么作用。谁想到这火焰越烧越旺，甚至连真气都无法将其压制。

此时绷带人的真气已经快见底，明显焦急起来。他大手一挥，身后背的卷宗立刻飞了起来。只见卷宗在空中展开，乃是一幅山水画作。

绷带人双手掐诀，大喝一声："引！"只见那淡青色火焰向着画中飞去，绷带人顿时缓解了许多。

这画倒是挺神奇，想必是一件品阶不错的秘宝。不过，这淡青色火焰虽然被吸入了画中，此时画作却变了模样。本来山清水秀的画作，此时变得满山大火，俨然一派末日景象。不过，这一幕那绷带人没看到，仍然自顾自控制着画作吸取火焰。

绷带人看到叶子一副惊讶的样子，恨得牙痒痒："小畜生，待会儿我必将你挫骨扬灰！"

叶子伸出手，指着画作说："你的画着了。"

绷带人抬头看去，自己的画卷居然承受不住淡青色火焰的威力，吸取的火焰无法承载，导致整个画卷烧了起来。正因如此，原本被画作吸收的火焰又一次回到了自己身上。

"啊！这到底是什么火？快点给我撤走！否则我饶不了你！"绷带人终于抓狂了。

"嗯，我等着看你怎么饶不了我。"

"啊！……"随着绷带人的叫声越来越弱，无论绷带人怎么求饶，叶子一概无视，直到绷带人被烧成一堆灰烬。对于这种目中无人的家伙，叶子从不心慈手软。收了绷带人的空间戒，叶子又回到了自己的山洞中。打开绷带人的空间戒，居然有两块令牌，看来过来的路上这家伙已经得到了一块。除此之外还有一块身份令牌。原来他是来自魔域的帮派，本来就不是什么好鸟，杀了就杀了吧。除此之外，空间戒内各种修炼资源和金银细软数之不尽。

之后的几日，倒是风平浪静，叶子静心修炼，却也放出一缕心神警惕着外面。

这天，叶子在修炼的时候突然感受到外面有人在打斗。这种事情叶子本来不屑参与，但此时叶子感受到这两人的气息自己很熟悉，她一时又想不起来是谁。她便离开洞穴，隐匿自己的气息，溜到附近观察。这一看去叶子才发现，心中暗道："是她？"此人正是江家的拍卖师——江娇。

此时江娇正与一个背着三把刀的人战斗，那人叶子也熟悉，正是最早和蔡武一起攻击大盛帮在落霞岛营地的那个人。如果没记错，此人好像叫胡三刀，叶子心想。

令叶子奇怪的是，胡三刀当时攻击大盛帮营地时只有凡人境后期的修为，而此时居然已经有了天仙三重的修为。这修为增长之快令人咋舌，可想而知，胡三刀必然也是通过吸收那真气丹才会在短期内成长到如此地步的。

此时的胡三刀和蔡武有一个共同的特征：癫狂！想必这也是那真气丹所带来的弊端，毕竟集合不同武者的真气所炼，丹中必然留有武者的残念，服用这些丹药定会让人变得癫狂多变。

江娇的修为只有天仙二重，拍卖会那天叶子就发现江娇深不可测，但此人应该不是服用真气丹所致。

　　观看两人的战斗，江娇此时明显不占优势，几乎是被胡三刀压着打，而且能看出来江娇有伤在身，此时疲于应付。

　　叶子本没有出手的打算，虽然与江娇有一面之缘，但也谈不上有什么交情。但胡三刀不同，叶子还是希望从胡三刀嘴中撬出点信息的。不过，叶子暂时没有出手。她希望在江娇不敌的时候再出手，这样可以落下一个人情，以后也好行事。

　　果不其然，江娇此时又被胡三刀击伤。他一刀贯穿了江娇的小腹。

　　"胡三刀，你若杀了我，必会遭到江家的报复！"江娇此时已无力再战，只能搬出家族势力。

　　"嘿嘿嘿！"胡三刀奸笑一声，"我管你江家还是河家，拿这些威胁我都没用！"

　　"等等，我的令牌给你！"江娇再次喝止住胡三刀。

　　"令牌？我对这个没兴趣，我的刀需要鲜血的洗礼，受死吧！"说罢，胡三刀一刀刺向江娇，江娇索性闭上眼，似乎已经认命。

　　就在此时，数十道剑气突然轰向胡三刀，原本要斩向江娇的刀只能转向，去抵挡那数十道剑气。

　　"轰！"随着一声巨响，胡三刀被震退数十步。

　　此时，叶子已经挡在了江娇面前。江娇睁开眼，很是惊讶："是你？"

　　"你居然记得我？"叶子反问。

　　"自然。"江娇说道，"那日是你们拍下的玄冰草，在下自然记得。"

　　"晚点再说，先搞定这个家伙吧。"叶子说道。

　　"你小心，他有问题！"

　　叶子冲向胡三刀，与胡三刀战在一处。

　　"我当是谁，原来是大盛帮的杂碎。"胡三刀边战边戏言，显然这种强度的战斗对他而言游刃有余。叶子也不说话，专心战斗，她想看看自己的真实战力到底达到了什么层次。

胡三刀见叶子不搭理自己，便失去了耐心。只见他向后一撤，手中掐诀，背后的第三把刀飞出，迎向叶子。那神出鬼没的第三把刀让叶子压力陡增，叶子只好调用体内的火焰之力，施展烈火剑法。没想到在淡青色火焰的加持下，烈火剑法上的烈焰也变成了淡青色。

胡三刀起初还不以为然，但几个回合下来，胡三刀发现这青色火焰如附骨之疽，无论如何也甩不掉，打得胡三刀苦不堪言。

"你这是什么剑法？"胡三刀眼中闪过一丝贪婪之色，若可以得到此剑法，必将所向披靡。

"要你命的剑法！"叶子的回答更干脆，直接一剑刺来，继续和胡三刀战在一起。

胡三刀怒喝："小小一个凡人境，如此强悍，留你不得！"

胡三刀再次双手掐诀，一股澎湃的真气爆发出来，显然是用了秘术，让自己的实力又高了一个台阶。叶子也不再藏着掖着，调用体内寒冰之力，开始施展冰火两重天的绝技！

两人再次战在一起。几个回合下来，胡三刀惊讶地发现，自己的真气正源源不断地被叶子吸取，再加上那烦人的烈火剑法，自己败下阵来是早晚的事。

"可恶！"胡三刀心中暗骂一句。

这才第三天，如果栽在叶子手里，后面几天怕是难有收获。

胡三刀抓住一个空当，立刻闪身远离叶子："今日就放过你，我们下次再一较高下！"

"怎么？我还没使出全力，你就想跑？"叶子讽刺道。

胡三刀面色难看："我承认你很强。不过，我也不想此时就拿出后手，谁赢谁输还不一定！"

"不打了也行，留下你的令牌。"叶子道。

胡三刀听到这话，怒火中烧："令牌？你做梦！"

"不留？那就继续！"说罢，叶子再次冲向胡三刀。

胡三刀一咬牙，再次和叶子战在一起，但随着时间的推移，胡三刀甚至被叶子刺伤了几处。再这样下去，怕是完了。

"是你逼我的！"胡三刀怒喝一声，使出了自己的必杀技。

说话间三把刀一分为二，二分为四，直到化作漫天刀影，足足三十把。刀影瞬间冲向叶子，转瞬间叶子便被击飞出去，砸向地面，将地面砸出一个几米深的大坑。然而刀影并没有停下，而是直刺向坑中的叶子。

轰隆！一声巨大的轰鸣声，待烟雾散去，叶子居然毫发无损地走了出来。

"什么？这不可能！"胡三刀大惊。

"没什么不可能的，如果你只有这种水平，你可以死了！"叶子怒视着胡三刀。

其实，叶子在被轰飞的一瞬间，使用了"金刚护体"，这是她从不知道是谁的空间袋中得到的技能。没想到此技能如此强悍，只不过耗费的真气过多，此时的叶子也是硬撑着装作没事的样子。实际上，这金刚护体再维持几分钟，叶子体内的真气便会消耗得一干二净。

叶子再次举起剑，施展烈火剑法，淡青色火焰遍布剑身，寒冰之力弥漫周围。

"混蛋！"胡三刀咬牙切齿，最终掏出自己的令牌扔了过去。

"给你！今日之辱，他日必当百倍讨还！"

说罢，胡三刀一个闪身消失在原地，远远离开了此处。叶子见状，这才收回金刚护体，并消散了冰火之力。

"噗！"叶子吐出一口血来。这是功法反噬，叶子还没有完全掌握这些技能，强行使用必然会出现反噬。不过，这并无大碍，稍做休息便可恢复。在一旁观战的江娇瞪着双眼，一副不可置信的样子。

"妖孽，绝对的妖孽。"江娇如是想着。

叶子走到江娇身边："这里不是说话的地方，我们走。"江娇点点头，跟上叶子，进了叶子开凿的洞穴之中。

江娇看着门口那拙劣的伪装："这伪装似乎不比外面强到哪儿去……"

江娇再次看向叶子，深深一拜："多谢姑娘救命之恩。"

"你也不必客气，我只是看那胡三刀不爽而已。"

江娇从空间戒里拿出一个卷轴："我看你刚才战斗之时所用冰火之力，这种古老的元素战技，随着神魔大战结束已经好久不见了。我们家收集资料时，我也曾翻阅古籍，偶然发现了这项技能，想必姑娘有奇遇。这是我江家当时发现的资料记载，希望能帮到你。"

叶子接过卷轴翻看了一眼，里面的介绍颇为详细。

"你当真要送给我？"叶子问道。

江娇点点头："如果无人掌握元素战技，则相当于废纸，希望有朝一日能再现传说中战技的风采。"

"既然如此，我便不客气了。"叶子笑道，江娇莞尔。

随后，江娇又说道："已经第三天了，现在大部分人都组成队伍抢夺令牌，不如我们也一起吧？"

"组队？"叶子问。

江娇点点头："嗯，一些实力弱的会主动投靠那些实力强的武者。消灭其他人后，可以保证自己晋级。"

叶子想了想，江娇这个人确实不简单，也许可以从她这里问到一些消息，便答应下来。

不过，叶子并不想这么早出去："我们可以等最后一天再出去。"

"我也是这么想的，现在基本上不会有人在外面了。"江娇同意叶子的看法。

"你先疗伤吧，等恢复过来再说。"

"嗯。"

见江娇已经开始疗伤，叶子便翻起江娇送给自己的那卷古心法。

叶子惊奇地发现，此心法乃是通过冰火之力来扩充自己的真气，让真气达到一个惊人的地步，同时施展一些需要大量真气的强大技能，而这正是叶子目前所欠缺的。

真气原本储存在武者的丹田中，讲得具象化一些，便是在武者的丹田处有一个真气凝聚的球体，武者所有的技能都会调用这个真气球中的真气。一旦真气球中的真气用完，武者就无法再使用技能，甚至和一个普通人无异。而这卷心法就是让修炼冰火之力的武者利用冰火之力来扩充自己真气的储存。不过，并不是扩大真气球的容量，而是打通浑身经脉，让冰火之力融合在经脉之中，再通过冰火之力引导真气储存于经脉之中。可以把经脉想象成海绵，修为越高的武者经脉吸收的真气就越多。以叶子目前的圣君境界，如果全身经脉储存上真气，足有现在所拥有真气的十倍之多。也就是说，如果叶子再次使用金刚护体，就不再是只能支撑十几分钟，而是能支撑三四个时辰。就算再加上需消耗大量真气的武技，一个时辰也是可以支撑的，这无疑扩充了叶子的战斗力。看到此处，叶子兴奋地开始修行。

修炼无岁月，转眼间又过去了两天。这天，叶子睁开眼，眼中精光一现，功法修成。此时的叶子迫切地想找人打上一场，看看自己的实力如何。

除掌握冰火之力外，叶子还在古卷中学会了两招消耗真气的极高技能，一招是"破击剑法"，另一招是"战魂"。破击剑法是一种极为高级的剑术，以冰火之力为引，攻击时刀光表现猛烈，一剑斩去，肉体之上并无伤痕，而是粉碎内脏及经脉，一招毙敌，属于群技之王。战魂，则是以火焰之力燃烧经脉中的真气，再以寒冰之力将真气封存在经脉之中，从而产生临时增强战力的效果。

一旁的江娇早已恢复，此时看着叶子，不由得一笑。

"看来叶姑娘收获颇多啊。"

叶子对着江娇施了一礼："还要多谢江姑娘的馈赠。"

"说起来，在下倒还有一事想请教江姑娘。"叶子继续说道。

"叶姑娘是想问玄冰草的事吧。"

叶子一愣，没想到江娇居然能猜到，看来这件事早有预谋。

叶子点了点头。

"叶姑娘既然问起这件事，那么想必叶姑娘已经知道了以武者炼丹之事。"

叶子再次一惊，没想到江娇居然知道此事。

叶子的脸色冷下来："既然江姑娘知道此事，为何不去阻止？"

"叶姑娘可知道我江家是何来历？"

叶子摇了摇头。

"皇城之中的监察院指挥使江义文，乃是我祖父。"江娇沉声说道。

叶子恍然大悟，江家原来有皇室背景，这和外界传闻倒是一致。

"家父江泰，曾任监察院调度使，炼丹之案就是由家父负责。"

"曾任？"叶子奇怪。

江娇点点头："没错，现今家父已在监察院大牢之中。"

"什么？"叶子一惊。

"起因就是那株玄冰草！"江娇眼中此时充满了仇恨，"当日那株玄冰草早在三天前就列在了拍卖品的行列中，怎么也没想到，家父险些因此丢了性命。"

"还请江姑娘详细告知。"叶子行了一礼。

江娇看着叶子问道："叶姑娘，我问你，你可是要查炼丹之事？"

叶子犹豫了一下，话已至此，叶子便将当日顾秀如何联合蔡武害她的事，连同后来发现武者炼丹之事一并告知了江娇。

"我的本意是复仇，可当我发现他们竟行如此恶劣之事时，我无法坐视不管。"

"叶姑娘好气魄！"江娇不由得赞叹起来，"既然如此，我便将事情告知叶姑娘。"

原来那株玄冰草是蔡武背后的势力故意放在江家拍卖的。叶子本以为蔡武想因此让自己和言组结仇，但实际上蔡武的目的是要把江泰拉下马。后来，皇室查出是蔡武的人将玄冰草放在江家的拍卖场，而江家将玄冰草拍出，从而导致叶子将言组重要成员杀死。而皇室中的总管事言有信和江娇的祖父江义文不和。借着言组的成员被杀，言有信便查到叶子头上，所以才有叶子被追杀一事。

再之后，叶子抱着复仇之心发现了以武者炼丹的秘密后，挺身而出，对抗蔡武，言有信迫于皇室压力，才停止了对叶子的追杀。言有信却以此为由，给监察院安了一个办事不力的罪名，这种事赖不到江娇祖父江义文头上，只能将她的父亲关进了大牢。

叶子听到这里，好奇地问道："监察院不是直属于皇帝吗？为何言有信能插手？"

江娇告诉叶子，监察院虽然直属于皇帝，但对整个皇室的总管事来说，让皇帝卖个面子还是能做到的。江娇的父亲冤就冤在皇帝并没有让监察院去制止蔡武的所作所为，故而蔡武虽然做尽丧尽天良之事，却没有被皇室制裁。

"这是为何？"叶子问道。

江娇摇摇头："我也不知道，最大的可能就是皇室也有高层参与其中。"

"言家？"

"这个可能性最大。"

若真是这样，这件事牵扯的范围就太大了，叶子要面对的就不单是帮派武者，还包括皇室的威胁。即便如此，叶子也没有惧怕之心。

"这次仙缘大会，对其他人来说或许是机缘，但对叶姑娘来说或许是灾难。"

江娇严肃地说道："叶姑娘，若此时不敌，你大可离去，待修为足够时再做打算也不迟，我江家会尽全力协助你。"

叶子摇摇头："祸福相依，身为武者岂有退却之理？我不会因此毁了我的道心。更何况，武者与天争命，皇室又如何！"

江娇颇感震惊："好一个与天争命……"

至此，叶子终于搞清楚了事情的来龙去脉。

顾秀可能并没有打算对付叶子，因为顾秀觉得叶子构不成威胁。但现在就不一定了。既然知道敌人是谁了，那么就要好好制订计划了。

有一个问题叶子倒是很好奇。她问江娇："你既然是皇族，为何还要来参加这仙缘大会？"

"我虽是皇族，但并非皇室之人，寻求仙缘，还是要靠自己去争取的。"

"原来如此，看来所谓皇室也占不到什么便宜哦。"叶子开玩笑道。

江娇苦笑一声："所谓皇亲国戚只不过是徒有虚名罢了，还要遵循那套繁缛的规矩。倒是叶姑娘这样自由自在，好生让人羡慕。"

"你可真是身在福中不知福，像我等武者，每天都徘徊在生死边缘，所有的修行资源都要靠自己争取，你有什么可羡慕的。"

"呵呵。"江娇一笑，问道，"此事不提也罢，再过两天第一关的时间就结束了，之后我们怎么办？"

"不急，再等等。若无意外，应该会有人送令牌过来。"叶子笑道。

江娇不解，但叶子既然这么说了，那就等着吧。

果不其然，待到晚上的时候，两人明显感觉到一众人毫无掩饰地掠来。

江娇不解地看着叶子。叶子一笑，便把之前燕戚的事说了一遍。

"那我们就去会会他。"江娇说罢就要起身，却被叶子拦住。

"慢，我去就行了，我们也得留点底牌。"说罢，叶子走了出去。

江娇没明白叶子所谓的底牌是什么意思，但也没有起身，而是等在洞穴里。不到三分钟，叶子便返回洞穴，江娇也感知不到外面的武者气息了。叶子回来后，坐到江娇对面，把五个空间戒放到她面前。

"这是外面那五个家伙的空间戒。"

"嗯？"江娇不明所以。

"现在已经是无主之物了，送给你了。"叶子说道。

"嘿？怎么，瞧不起我吗？我也是很厉害的。"说着，江娇拿空间戒，开始挨个翻了起来。随着一个个空间戒被清空，江娇的喘气声也越来越重，双眼也是一副炯炯有神的样子。最后一个空间戒清空后，江娇下意识地去摸了一下空无一物的地面。

"没了？"

"没了。"

江娇脸上掠过一丝失望，随即眼珠一转，立刻拉着叶子说："叶姑娘，我可以叫你叶子吗？"

"可以。"叶子点点头。

江娇往叶子身边挪了挪，双眼放光地说道："叶子，咱们出去把那帮人的空间戒都抢过来行不？"

"啊？"叶子没想到江娇会这么说。

"哎呀！"江娇双手捂住脸，不好意思地说，"你不知道，开别人的空间戒，那种对未知的期待，简直令人欲罢不能……"

叶子无语……

江娇又说道："叶子，咱们合作吧。你以后得到的空间戒和空间袋都让我来开，我负责整理归纳，有用的咱分了，没用的我扔到我家商行卖掉，你看怎么样？"

叶子急忙摸摸江娇的脑门："没发烧啊？"江娇这是掉钱眼儿里了。

江娇整整磨叽了叶子一宿，叶子实在架不住江娇的软磨硬泡，终于答应了下来。这时候天也亮了，第一关的期限也迎来了最后一天。叶子和江娇离开洞穴，开始往森林入口处前进。

还没走多远，一股肃杀的气氛便覆盖了整个区域。叶子和江娇对视一眼，便停下脚步。

"出来吧，藏头露尾的以为我们看不到吗？"江娇大喝道。

这时，从森林暗处走出来一个人，笑道："不愧是江姑娘，感知力如此敏锐。"来者一身黑衣，半长不长的头发梳得整整齐齐，眼睛眯成一条缝，脸上始终挂着笑容，双手始终揣在袖子中，看上去温文尔雅。

"风四郎？"江娇道出了此人的名字。

风四郎微微鞠躬："难得江姑娘还记得在下，不知这位是？"

风四郎看向叶子，江娇道："这是我朋友。"

风四郎来自热沙荒漠，他是那里的一个顶级门派——沙宗的首席弟子。据说此人毫无背景，幼时以乞讨为生，直到十四岁才被沙宗的一个长老看上。只可惜，此时他早已过了修炼的年纪，十四岁才开始修炼，大家都认为他很难有所建树了。但是，那位长老还是将其带回了沙宗，尝试引其入武道。谁想这孩子天赋异禀，短短四年的时间就凭自己的本事硬杀成了沙宗的首席弟子，可见其天赋及实力之不同凡响。

自从那长老将他带回来的那天，他就始终面带微笑，哪怕杀人的时候，也不曾有过其他表情。那位长老姓风，因此他就跟了长老的姓，再加上用了四年他便成为首席弟子，便给自己起名叫风四郎。

"怎么？四郎这是想要我们的令牌？"江娇问道。

风四郎摇摇头："江姑娘误会了，在下并无恶意，只是寻找突破自我的契机罢了。"

"什么意思？"

"我们都被包围了。"叶子突然插了一句。

这让风四郎深深地审视了一眼叶子这个只有凡人境的武者。只见从四面八方围拢而来一群武者，足有三十多人，为首的是一个强壮的男子。男子正要说话的时候，只见风四郎大手一伸，真气澎湃如潮。转瞬间，所有围拢过来的武者，脚下的沙土都带着火焰翻滚，瞬间就覆盖了武者的全身。风四郎身法迅速移动，快速挥舞手中兵刃，口中吐火。转瞬间，三十多人无一人存活，只留下满地的空间戒和空间袋。江娇目瞪口呆，三十多人说杀就杀了，这可是活生生的武者啊！叶子也眉头一皱，意识到此人很强。

风四郎仍然面带微笑，对此毫不在意："我们走吧。"

"去……去哪儿？"江娇问。

"自然是去森林的入口等待时间结束。"风四郎道。江娇对风四郎产生了惧怕之意。

"四郎还是先行一步吧，我等还要再去获取一些令牌。"江娇说道。

风四郎原本已经转过去的身子又转了回来问道："地上这些令牌应该足够二

位晋级了吧。"

"你不要？"江娇问。

风四郎摇摇头："这些令牌对在下来说没有意义，够晋级即可。"

"我们还是靠自己吧。"江娇再次拒绝了风四郎的邀请。风四郎仍然面带微笑，但四周的空气中传来阵阵杀意。

"既然你们执意如此，便留下陪他们吧。"风四郎笑着说道。

此时如刚才一样，江娇和叶子脚下的沙土开始翻滚，正要往两人身上游走的时候，叶子强大的真气爆发而出。

"砰"的一声，风四郎的禁锢被叶子攻破，沙土也落回地面。

"我就知道你不简单。"风四郎仍然微笑着说道。说罢，风四郎一个冲锋技能——追炎，身体带着火焰冲到叶子身上，直接将叶子轰飞。直到撞断几棵树后，叶子才跌落到地上。在叶子被轰飞前的一瞬间，数十道剑刃也冲向风四郎的面门。风四郎虽然挥手之间击散了剑刃，但也被震退数十步。

"或许你能让我找到这个契机也说不定。"风四郎笑得越发诡异。这时，一阵风吹过，风四郎消散于空中。

叶子谨慎起来，调动体内冰火之力。突然，她身后一把带着火焰的刀光袭来。叶子立刻转身一剑劈下，挡住了此次攻击。随即又是一道火焰刀光从另一边袭来，同时，越来越多的火焰刀光接踵而来。叶子边躲避边抵挡这些刀光，频率越来越快。叶子单独调用体内的火焰之力，以自身周围一米为半径，轰然扩散出去。一瞬间，那些攻击叶子的风沙被热浪席卷，纷纷化作尘埃消失于空中。

叶子并没有就此停手，寒冰之力被调动起来，以自己为中心向四周疯狂扩散。通过以寒冰之力吸取真气的方法来感受风四郎隐藏的位置。果然，风四郎融入风中的真气被叶子捕获到了。叶子立刻调整身形，让风四郎的真气方位正对自己，然后一记破击剑法向前斩去。

空气中传来一声巨大的爆破声，风四郎的身形从空气中被轰了出来，径直撞到地面，砸出一个三米多深的大坑。还没等叶子追击，风四郎就从坑中飞了起来。除了衣衫有些破烂，仍然面带微笑，但嘴角流下了一丝血迹，这是内脏受损的象征。叶子的破击剑法是从江娇给的卷宗中学到的，这是一门极强的技能，风四郎能扛下来可见已经不一般了。

"啪！啪！啪！"风四郎连连鼓掌："你果然没让我失望。"

"你走吧，你不是我的对手。"叶子淡淡地说。

风四郎没有说话，但眼中泛起战意，再次冲向叶子。叶子也没犹豫，直接开启金刚护体。要知道，现在叶子可以开启金刚护体持续若干个时辰。风四郎在空中凝聚真气，化身巨大的修罗手持战斧，浑身火焰冲向叶子。叶子根本就没动地方，只是伸出手迎上去，任凭那一斧劈到自己身上。巨响和烟尘四起，风四郎使出了自己生平最强一击。

待烟雾散去，叶子仍然伸着手，脚下没有挪过一寸。叶子身后以其身体为起点，向外呈扇形扩散出一片废墟，可见风四郎这一击的威力之大。此时，风四郎仍然笑眯眯地看着叶子，审视片刻，便转身离开了。一句话没有说，但风四郎的离去似乎在告诉叶子：你赢了。

叶子这才散去真气，脚步晃了晃，被赶来的江娇扶住。

"叶子，你怎么样？"

叶子仍然看着风四郎离去的方向，片刻后说道："他很强。"

"再强不也被你打跑了。"江娇笑道。

叶子摇摇头，刚才风四郎那一击，在击中自己的瞬间她就感觉出不凡，便立刻调集了体内所有的真气来稳固金刚护体技，这才抵挡住了。若非如此，她恐怕早已灰飞烟灭了。若非自己在江娇给的那古卷中学会了冰火心法，也绝不是风四郎的对手。

"这届仙缘大会风四郎算是什么水平？"叶子问道。

"自然是顶级的战力了，能和风四郎交手的也就那两三人。"

叶子点点头，不再多言，然后看向江娇，向其抬了抬下巴示意了一下。

江娇不明所以。

叶子道："你不是要开空间戒吗？"

江娇顿时喜上心头，瞥了一眼叶子，然后便急忙跑去收集地上散落的空间戒。

没过多久，江娇满足地返了回来。

"给。"江娇拿出十几个令牌交给了叶子，"这样咱俩晋级应该没问题了。"

叶子也没客气，便收了起来。两人继续往森林入口走去。路上，两人又收集到了一批空间戒，只不过里面的令牌都没了，但是不见尸体，想必是风四郎所为。

"这么看的话，幸存的队伍应该有两三支。"

就在这时，不远处传来一声巨响，叶子、江娇对视一眼，同时点点头，然后去往声音传来的方向。等两人赶到的时候，场上两拨人正在对峙。双方的人数差不多，都是二十多人。但在场边的另一侧还有几个人，风四郎就在其中，看来这几人便是没有组队的了。叶子和江娇并没有过去站到风四郎身边，而是待在原地看着。对峙的双方显然之前已经打过一次，但谁都奈何不了谁。

其中一方的领头人看到叶子、江娇两人便道："我们与其在这里互杀，倒不如联手先清理了那些落单的！"

另一方的领头人回道："要去你去，我不拦着。"他知道风四郎几人都不好惹，一个人足以灭了他们一群，故而也不愿意去招惹他们。

"怎么，连一个凡人境的都不敢杀？"之前的领头人看向叶子。

这时候，在一旁观战的风四郎说道："哦，对了，提醒你一句，我刚才败给了那个凡人境的女人。"

"什么？"风四郎身边的几人纷纷大吃一惊。

别看风四郎笑眯眯的，好歹也是一代天骄，但他既然这么说了，那么事实基本就是如此。众人这回看向叶子的眼神充满了忌惮，而之前说要杀掉叶子的领头人此时也闭上了嘴。

"风四郎，此女真有如此实力？"风四郎身边一个面色阴沉的长发男子问道。

风四郎点点头："我最强一击，奈何不了她丝毫。"

叶子知道，风四郎这是要把自己置于险地，让所有人都将自己当作需要认真一战的对手。但好处就是，起码第一关不用再打架了。

"你们打不打？不打我就打你们了。"风四郎笑眯眯地催促起来。两伙人见此时已别无选择，只能硬着头皮再战起来。

不过，两伙人都留着心眼防着风四郎等人出手，所以战斗虽然热闹，却不怎么精彩。一个时辰之后，战斗结束，双方也没有分出胜负。

"真是无趣。"风四郎笑道，然后转身离开。

江娇偷偷和叶子说道："我们也走。"

叶子点点头，两人也离开了此处，风四郎身边的几人并没有阻拦。就这样，叶子两人一路平安地回到了森林入口处。此时这里已经聚集了十五六个人，风四郎和胡三刀也在其中。又过了一会儿，之前那个脸色阴沉的长发男子等几人也回到了入口处。其实，这个时候比赛并未结束，仍然可以互相抢夺对方的令牌。只不过大家都比较谨慎，已经到了最后一刻，谁都不想节外生枝，只要自己身上的令牌足够晋级即可。终于，在临近结束的时候，又有一队人缓缓走了过来。看上去有三十多人，但并不是之前对峙双方的任何一方。由此可见，那两方被长发男子收拾了。就这样，一直到时间结束，再也没有人过来了。

叶子心中盘算了一下，几百人参加的比赛，七天时间甚至连五十人都没剩下，那些死去的武者也算是各个帮派的天骄了。但还是应了那句话——只有活下来的才是天骄。

这时，那个神秘的声音再次响起："恭喜各位离成仙之路又近了一步，各位稍做休息，准备迎接第二关的挑战吧。"

也就是说，活下来的人都晋级了。

不过那是自然，活下来的总共不到五十人，肯定都晋级了。

活下来的人纷纷开始和森林边缘等待的家族或帮派长辈们交流，而那些没等来自家天骄的人也知道他们的弟子儿孙再也回不来了，无不暗自抽泣。有些帮派的人转身就走，更多的人则选择留下来观看到最后。

又过了片刻，那神秘的声音悠悠传来："各位，第二关正式开始，各位请看！"

眼前的森林忽然消失，取而代之的是四下白茫茫的一片，一望无际。天空中却有无数光带在萦绕，各种颜色，很是壮观。

这时，那神秘的声音说道："这一关唤作传承关，如你们所见，这漫天的彩光，每一道便代表着皇室的一种传承，而各位要做的就是在这无数的彩光之中寻找契合你们自己的传承。"

众人纷纷感慨，终于可以获得皇室的传承，大部分人都面带喜色。

"肃静！"神秘的声音再次响起，全场立刻鸦雀无声，"规则很简单，寻找到契合你们自己的传承便算过关，反之则淘汰。"

这听上去似乎挺简单，但叶子认为并非如此。

第一关都有如此高的淘汰率，第二关必然不是单单获得传承这么简单。不过，实际是什么情况，还要亲自体验过才能知道。

"同样，此关为期七天，获得了传承的人将晋级。"

随后，一道隔绝屏障将参赛者和帮派家族长辈隔离开来。一众人谁都没敢轻举妄动，能通过第一关的人，必然都是心智过人之辈，每个人都在观察周围的情况。

此时，江娇来到了叶子身边，道："这关你怎么看？"

"虽说是获得传承的晋级，却没说没获得传承的会怎样。"叶子说道，"而且这传承看上去虽多，但未必容易获得。"

江娇也有着同样的想法："确实如此，我听闻皇室中的那些天骄在获取皇家传承的时候也会来此，只不过这里的传承需要接纳你，而不是你去获取。"

"不管怎样，我们先试试吧，小心一些。"叶子嘱咐道。

江娇点点头，然后盘坐下来，放出神识，开始与那漫天彩光接触。

叶子并没有坐下来，而是在江娇身边等着，以防江娇有什么意外，顺便防备其他人的打扰。不过，这个担心显然是多余的，在江娇放出神识之后，她身边就产生了一圈保护罩一样的光芒，显然，这也是皇室为了防止别人破坏获得传承而准备的。又等了片刻，大部分人都已经盘坐下来开始寻找传承了，叶子这才放下心来。

叶子也坐下，放出神识去寻找自己的传承。叶子的神识融入了那漫天的彩光之后，便发现这所谓的传承并不是那么好获取的。首先，自己的神识已经被困在了彩光之中，也就是说，如果不找到属于自己的传承，神识将永远无法回到体内；其次，是叶子的神识在彩光中转悠了半天，这漫天传承居然没有一个肯接纳叶子。也不知道只是自己这样，还是每个人都这样。但不管如何，叶子必须在七天内获取自己的传承。就这样，叶子的神识在漫天的彩光中遨游，从最初的不断尝试寻找自己的传承，到最后只是漫无目地逛着。既然传承都不接受她，那么属于自己的传承一定会引起自己的注意。

大概一天后，叶子的神识之中出现了一个光斑。叶子便顺着这光斑前行，随着光芒越来越亮，在一片光芒之后，叶子进入了一个鸟语花香的世界。气势磅礴的高山，明亮清澈的溪水，万里无云的蓝天，香甜的空气。叶子深吸一口气，才发现自己坐在一个木屋前的大树下，一身粗布衣，旁边放着一卷书。

叶子此时靠在木屋前的一棵大树上，看样子是刚睡醒。

叶子并不记得自己是来接受传承的，只记得自己在这个世界的身份——一个穷苦的农家女孩。

这个世界并没有所谓的武者，而是一个普通的世界，人们读书赶考，做官经商，普通得不能再普通。

而叶子是住在山中的一个孤儿，父亲在她十三岁的时候病逝，她与母亲相依为命。在她十六岁那年，母亲去溪边打水，便再也没有回来。

如今她已经十八岁，仍然守在这个木屋前，等待着母亲的归来。

　　叶子觉得头有点晕，便站起身来，四处转了转。突然叶子似乎下了什么决心：既然父母都不在了，我便离开这个地方，去更大的世界看一看。

　　叶子回到木屋，整理好屋中的物品，桌子上叶子用鲜花给母亲做的花环还在，两年了，依然没有枯萎。叶子本想将其一起带走，但犹豫再三，还是将花环留在了这里。她收拾好包裹，便离开了这间木屋。

　　临走前，叶子回头深深地看了一眼这"生活"了十八年的地方。不舍涌上心头，但叶子最终闭上眼，默默地转回身，离开了这里。

　　两天后，叶子走入最近的一个小镇，寻了一家饭庄，成了一名伙计。

　　几个月后的一天，一个商队路过此处，吃饭的时候叶子听说他们要进城，便拿出自己所有的积蓄，请求商队带她进城。

　　商队的主管人不错，并没有收叶子的钱，而是免费将叶子带进了城里。

　　第一次进城的叶子对什么都感到新鲜，四处闲逛，不知不觉就到了晚上，这才想起自己应该去找家客栈。

　　天公偏偏不作美，突然下起了大雨。叶子一手挡雨，低着头寻找客栈，却不小心撞到了一个人，抬眼望去，是一个书生，此时也被雨淋成了落汤鸡。

　　叶子急忙道歉，书生却笑了笑，说自己知道一处避雨的地方，也不等叶子答应，便拉着叶子一路小跑。果不其然，没多久两人便跑进一处凉亭。

　　就这样，两人认识了，书生叫杨万宁，在此处寒窗苦读，希望有朝一日考取功名，造福天下百姓。

　　叶子对杨万宁敬仰有加，觉得杨万宁一定能出人头地，他是叶子这辈子见过的最有学问的人。

　　杨万宁住在城西头，叶子就在城西头找了一间客栈。白天叶子去染坊挣钱，晚上就去陪杨万宁读书。叶子从书中看到了天下万事，看到了沧海桑田，看到了世态炎凉，也看到了世间的变化无常。更重要的是，叶子知道了杨万宁如遇风云际会，必展凌霄之志。

　　随着时间的推移，两人坠入了爱河，叶子仍像往常一样，白天去染坊挣钱，晚上陪着杨万宁读书。只不过叶子不再是一个小丫头，而是杨万宁的妻子。

时光荏苒，三年过去了，信心十足的杨万宁赴京赶考。此时的叶子已经二十二岁，每天白天她仍然去染坊工作，晚上就坐在两人相识的凉亭中等待着杨万宁回家，这一等就是两年。

这天，京城送来了书信，杨万宁高中探花，要叶子进京与其相会。叶子喜极而泣，当即变卖了家当，踏上了去往京城的路。

半年后，叶子到达京城，这分离将近三年的相思之苦，在两人相会时化作了两行清泪。

又是三年，杨万宁从翰林院调任回乡任职。三年中，叶子为杨万宁生下了两子一女。

一家五口及一众仆人随从浩浩荡荡地回到了两人相识相爱的地方。

这年，叶子已近三十岁。

叶子本以为自己可以这样度过余生，谁想杨万宁在认识叶子之前，早已经与一女子私订终身，而且育有一子。

得知真相的叶子去质问杨万宁，杨万宁这才不得不承认。叶子伤心欲绝，一下子就卧床不起。一个多月后，她才康复。这一个多月，杨万宁没有来看过叶子一次。

当叶子再次出现在杨万宁面前时，杨万宁早已不是当初那个抱有凌霄之志的杨万宁，而是变得昏庸无能。叶子对杨万宁彻底失望，常年在后宅足不出户，只有儿女时常来探望她。

十年后，儿子参军打仗去了，女儿远嫁他乡，自此之后，除了那几个老仆人，再也无人踏入后宅。

杨万宁纳了四个妾，贪污受贿，徇私枉法，视人命如草芥，最终被革职后定罪收监，等着押回京城发落。

杨家最终落得个抄家的下场。此时，叶子才走出后宅，已经五十岁的叶子，看上去就像八十岁一样。叶子再次来到了那个凉亭，悲不自胜："我这一生只为了杨万宁一人而活吗？不，还有我苦苦等待的母亲。"叶子离开凉亭，徒步走向山中。

五天后，叶子终于看到那个记忆中最美好的木屋。时隔五十多年，叶子又回来了。此时的叶子如风中之烛，暮景残光，晃晃悠悠地走到了木屋前，她心中却涌出从来没有过的温暖。

推开房门，一阵灰尘落下，叶子用手扇了一下，走进了屋中。

抬眼望去，叶子如晴天霹雳，呆若木鸡。只见木床上躺着一具尸骨，那正是自己的母亲，手中还拿着叶子当初做的花环。鲜花仍然绽放。

叶子流下了两行清泪，跪在了床前。她用最后微弱的力气叫了一声："娘……"

叶子的手紧紧地握住母亲那拿着花环的手，从此永远地闭上了双眼。而那绽放的花朵，却鲜艳无比……

再次醒来的叶子，躺在一张大床上。她感觉刚才好像做了一场噩梦，却怎么也想不起来梦的是什么，只有脸上两行未干的泪水。叶子心有余悸地坐了起来，周围是豪华的楼台宫宇，自己身着华丽的服饰。

此时，一个小宫女跑了进来，急忙跪在地上，向叶子问安。

原来此时的叶子乃是图国皇帝的爱妃，却爱上了将军杨天山。之后，杨将军率军讨伐腾国，大胜归来，皇帝承诺杨天山，只要他做得到就绝不推辞。于是，杨天山恳请皇上将叶妃赏赐于他。皇帝震怒，杀了杨天山，又将叶子流放边疆。叶子在边疆给腾国出谋划策，终得腾国赏识，后来成为腾国军师。最终，在叶子的谋划下，腾国大胜图国，叶子亲手斩了皇帝的头颅，以祭奠杨天山的在天之灵。

匆匆四十年，叶子从图国妃子变成了腾国军师，人生可谓精彩至极。

最终，叶子在七十三岁时寿终正寝，腾国举国上下祭奠叶子的传奇人生。

……

这时，书童叫醒了失神的叶子。

再次醒来的叶子，似乎察觉到了什么，却怎么也想不起来了。叶子这才摇了摇头，摒除杂念，继续埋头苦读。

此时的叶子是一个女扮男装的书生，虽有着报国之志，却苦于自己是女儿之身。于是，叶子女扮男装，准备考取功名，报效国家。

在赶考的路上，叶子认识了同样去赶考的书生杨钰，两人相谈甚欢，有着同样的抱负、同样的志向，相见恨晚，却同时落榜，不甘心的他们继续苦读，落榜丝毫没有影响他们的斗志。

在日复一日的苦读中，叶子对杨钰渐渐地产生了情愫，但碍于自己女扮男装，只得将心事埋在心里。

再次参考后，杨钰考取进士，而叶子却再次落榜。

临行前，杨钰找叶子喝了一次酒。在杨钰饮下最后一杯酒后，说了一句："此情无计，此生无依。"

见叶子没说什么，杨钰便离席而去。

往后的二十年，两人再也没有见过面，只是偶有书信往来。

叶子最终也没有考取功名。

暮年之际，叶子才想去看看杨钰，于是按照信上的地址，来到了杨钰在外乡的家。

到了杨钰家后叶子才发现，这么多年来与自己书信来往的居然是杨钰的书童。书童也早已成家，还有两个孩子，而杨钰早已于十五年前重病而亡。临死之前，杨钰嘱咐书童继续与叶子书信往来。

最后，书童将杨钰的遗书交给叶子。叶子这才知道，杨钰早就知道叶子女扮男装，也对叶子心有归属，但奈何以功名为主，便压在心头。

直到他考取功名，他本想向叶子吐露心事，但酒席之间见叶子落榜之态，便留下一句话，希望叶子有朝一日悟得此话。

叶子悲痛欲绝。其实，叶子何尝不知他的意思，只是碍于那读书人的面子。

三年后，叶子也离开人世，临死前还在悔怨当初所为。

之后，叶子当过一国统帅，打败敌国，一生无敌手；也当过青楼名媛，爱上过杨家公子，有情人终成眷属；还当过难民，与爱人杨树达颠沛流离一生；更是当过侍女，一生都没离开过主人的宅院。

叶子就这样不断地在一次又一次的人生之中轮回，甚至越来越想不起来自己是来寻找传承的。而这无数的人生中，几乎每一生都有一个姓杨的男人走进她的生活，或是爱人，或是同僚，或是死敌，或是可望而不可即的其他人。

就这样，叶子陷入了无限的轮回之中。而此时，叶子又在经历一次新的人生。

叶子是一个山匪的女头领，劫了一个商队，被扣押的人中有一位姓杨的赶考书生，名叫杨华。

没过多久，朝廷开始招安山匪，派使者送来一封书信。大意是，若肯被招安，待遇将如何如何。叶子一想，自己做了那么久的山匪，如今朝廷肯招安，倒是一桩美事，这样起码兄弟们不用再跟着吃苦受罪了。

她便打算写一封回信给使者，让他带回去。但苦于自己没啥文化，便想起劫来的人中有一个书生，便差人将其押了过来。她将目的跟杨华一说，杨华当即表示可以为其代写书信，但要求不要再将他关在大牢中。

就这样，杨华帮叶子回了信，而杨华也住进了宅院，不再是一个囚犯。

叶子觉得杨华此人挺有趣，有时，吃饭便拉着杨华一起。时间长了，杨华就总讲一些精忠报国的故事给叶子听。叶子听得入迷，心想，自己若有一天也能成为这样的壮士就好了。叶子更加期待朝廷的招安，期望能为国披挂上阵，勇猛杀敌，而杨华也在一次次的书信中帮叶子谈着条件。

叶子觉得杨华为人确实不错，才华横溢又风趣幽默，除了长得难看点也挑不出什么毛病来。于是也就选了个良辰吉日，把杨华"娶"了，弄得杨华还挺不乐意，自古都是男娶女，怎么在这儿成了女娶男了？但迫于山匪的淫威，杨华也只好屈服了，反正就这些山匪知道，也传不出去。

酒宴之后，两人入了洞房。

自第二日起，叶子变得对杨华百依百顺。杨华也是正人君子，很疼爱叶子，两人就这样过起了幸福的小日子。这时候，叶子心想，即便朝廷不再招安，就这样生活下去也挺好。在后来与朝廷的书信往来，叶子也显得不再积极，到后来干脆不搭理朝廷了。

终于有一天，朝廷清剿山匪的大军来了。叶子手下的山匪哪是正规军的对手，三下五除二就被杀了个溃不成军。叶子情急之下便与杨华计划逃走，可是他们早已经被朝廷的军队包围，无处可逃。

这时，叶子突然想起来旁边有个破庙，早年间她曾带人抢过这庙，如今寨子里还有几身和尚的衣服。她二话不说，便给杨华剃了头，换上了和尚的衣服，告诉他先绕道去破庙，再假扮和尚下山化缘，借此逃跑。杨华自然不肯，跟叶子说要跑一起跑，要死一起死。叶子好劝歹劝，杨华才应了下来，并答应叶子，一定为她报仇。就这样，杨华伪装成和尚逃走了，叶子则被俘虏了。

事实上，杨华并没有逃走，而是跑到火药库里拿出了炸弹，跑到山顶上把山炸了。滚滚落石从山上砸了下来，朝廷大军伤亡惨重。然而，这也不足以消灭朝廷大军，最终，杨华还是被擒获了。

看到这么多士兵死伤，朝廷将领大怒，一刀刺穿了杨华的心脏。叶子大惊，一把抱住奄奄一息的杨华。杨华欲言又止，最终死在了叶子的怀中。叶子泪流满面，看着杨华怀中藏着的炸弹，不知为何说出一句："此情无计，此生无依！"

然后在一片火光中，她毅然决然地引爆了炸弹。突然一切似乎如时间停止了一般，凶猛的火焰就停留在叶子面前，此时叶子福至心灵。

这无数次的轮回快速地在叶子脑海中回忆了一遍，叶子也终于想起了自己是谁，这传承之路居然走了几辈子。此后，时间再次恢复，叶子和朝廷大军也在这火焰之中灰飞烟灭。

叶子的神识瞬间回到了体内，但叶子并没有睁开眼睛，而是吸收着这几世的轮回之力。这几世轮回的经历让叶子纠结其中无法自拔，甚至开始迷失自我。

人生就好比划过天际的流星，正因为这短暂的光芒，才让自己无比精彩。而武者成仙，千万年之寿，哪个更加精彩动人？

叶子这才明白，所谓的传承机缘，乃是通往仙境的机缘，如此之大的馈赠，皇室居然能拿出来。不过，想必皇室也不会认为有谁能窥得那丝仙机。事实上，叶子绝对不会因为任何事情选择和对方同归于尽。在最后的一次轮回中，叶子却这么做了，所以才打破轮回神识归位。至于为什么会这样做，应该就是那一世世的轮回中总会出现的那个杨姓男人。这是因，而果，就需要叶子斩断与杨姓男子的一切。叶子如此想着，便想到了龙图圣君，如果成仙境的因果在龙图圣君身上，那又该何去何从？叶子相信这里的多数人都能够打破轮回，那一世世的经历都是本人内心的心魔。而勘破心魔便可念头通达，以窥得那丝仙机。没错，叶子已经找到了那条通往仙境的路，那就是——斩情。

人若有情，则难以成仙；仙若有情，则难以证道；若斩情，我又何必为仙？

叶子陷入了一种神奇的状态，在思索这几世轮回带给她的感悟。

此时的叶子不知道的是，这种状态叫顿悟，一种不假时间和阶次，直接悟出真理的状态。

若斩情，我又何必为仙？

若斩情，我又何必为仙？

若斩情，我又何必为仙？

但是，我要这情有何用？只是徒增伤悲罢了。

我要与天争命，便不会被情所困，这情，斩了又如何！

时光如隙，岁月不待；几经轮回，沧海桑田。彼时花开，此情无计；此时花落，此生无依。人生苦短，缤纷徘徊；苦心思量，情愫暗生。观美景不再，恨驾鹤九天；叹情长纸短，怨昙花一现。秋去冬来春终归，桃花初绽叶无根。

猛然间，叶子睁开双眼，目如宇宙星辰，似有万世之悲，一念之间火龙成，焚尽世间万物。

此刻，叶子彻底斩断与杨生之情。

此刻，叶子离仙境一步之遥，正式踏入半仙之境。

……

第七章

角逐仙缘　图穷匕见

其实，这第二关的传承只是让参赛者感悟轮回，为今后登仙之路打下基础。叶子却直接走完了这一步，斩情成仙。别人是否如此，叶子也只是猜测。叶子稳了稳心神，便向四周看去，几乎所有人都还在参悟之中。

此时，叶子感到一道目光看了过来。叶子看过去，正是风四郎，他早已站在边缘等待着。看到叶子醒来，风四郎的笑容越发神秘。叶子相信风四郎必然经过了这传承的考验，可见他天赋异禀。

叶子站起身，走向边缘，与风四郎隔了一段距离，站在原地等待着。

"你果然没让我失望。"风四郎笑着说。

叶子皱眉道："你失不失望关我什么事。"

"你获得了什么传承？"风四郎又问道，见叶子不答，便自顾自地继续说，"我倒是得到一技，此技唤作人屠，很想尝试一下。"

风四郎见叶子的目光中充满战意，恨不得现在就打上一场。不过，风四郎也只是说出了技能的名字，至于具体什么手段，也没有说。

让叶子奇怪的是，风四郎的修为并没有改变，也不像自己此时已经步入半仙之境。表面上看，叶子仍然只有凡人境。

叶子以前不强的时候，凡人境的修为伪装能很好地掩护自己，甚至打对方一个出其不意。现在强大了，凡人境的修为伪装就显得鸡肋了，只会给自己徒增不必要的麻烦，看来得找个机会想办法解决这个问题。叶子想着自己的事，根本没有理会风四郎的话。

此时又有一人从盘坐中醒了过来，正是第一回合和风四郎站在一起的那个脸色阴沉的长发男子。此人看到风四郎和叶子已经站在场地边缘，也没感到惊讶，而是优哉游哉地走到风四郎身边。

"不愧是四郎，想必获得了了不得的传承吧。"

"言公子见笑了，也没有什么大不了的。"风四郎微笑着回应。

叶子听罢心中一惊，此人姓言，难道和言有信有关系？

叶子瞧了一眼这位言公子，恰巧此时这位言公子的目光也看了过来。言公子微微一笑，叶子便将目光转移到别处。此人对自己毫无恶意，是隐藏得太好还是根本不知情？

这时，又有人从盘坐中起来，叶子这才反应过来，粗略一算，今天已经是第六天了。叶子将目光看向不远处的江娇，不知道江娇能不能通过这传承。目前这些人中，也就江娇值得她关心了。好在皇天不负有心人，第七天早晨，江娇醒了过来。看到已经有很多人站在边缘了，江娇也没在意，直到看到叶子的时候才露出笑容，急匆匆赶到叶子身边，叶子的心才放了下来。

"我以为你醒不过来了。"叶子打趣道。

"得了吧。"江娇随即偷偷地靠近叶子说，"我还那么多空间戒没开呢，怎么可能醒不过来！"叶子莞尔。

江娇再看向场地上，还有二十多人没有醒来，不由得皱起眉来："这传承说起来也挺奇怪，感觉不像传承，倒像是一种考验。"

"哦？此话怎讲？"叶子奇怪。

江娇道："你看，通常接受传承都是功法技能和心得体会，而这皇室的传承却是让你不断地轮回一世接着一世，直到自己做出改变才会获得传承。"

叶子这才感受了一下江娇的修为，并没有什么改变。难道只有自己的修为突破了吗？

这时，又有两人醒了过来。

此时，在场中盘坐的还有二十五人，足有第一关的半数之多。

"时间对他们来说已经很紧迫了。"江娇看着场上还在盘坐的众人说道。

叶子点点头，然后悄悄地问道："对了，那个之前和风四郎在一起的长发男子你可认识？"

江娇不着痕迹地扫了一眼风四郎，然后说道："之前没有告诉你是怕你冲动，他是言有信的曾孙，叫言罗天。"

叶子皱起眉来："我感觉他并不知道我是谁。"

江娇想了想，说："也许真不知道，他并非住在中州，而是从西域来的。"

"西域？"

江娇再次说道："言家在西域还有一个分支家族，也是皇室中人，不然你以为一个管家哪来这么大的权力。"

叶子这才明白过来。两人便没再说这个话题，闲聊起其他事来。

时间就这么一分一秒地过去了，在离第二关时间结束还有半个时辰的时候，又有一人醒来，然后直到结束，便再也无人醒来了，这些人的命运如何，叶子便不得而知了，起码已经失去了晋级的资格。随着那神秘老者的声音传来，第二关正式结束。

第二关参与人数四十八人，十八人失败，三十人晋级。

"不错不错，这应该是历年来最好的一次了。"神秘声音赞叹道。

"恭喜各位，通过了第二关的考核，想来各位都收获甚多。第三关的考核将在三天后举行，各位可随我前去休息。"

神秘的声音说罢，周围的环境就变换成了一处庭院。

周围琼楼玉宇，富丽堂皇，小桥流水，鸟语花香，真乃人间仙境，而之前那些没有醒来的人，早已不知去向，也没人关心他们。

庭院的中央站着一位装扮怪异的人，看上去不过十岁左右，一头披肩白发，闭着眼睛，双手揣在袖中。

此人淡淡地说道："各位请随我来。"

听上去确实是十岁左右的孩子的声音，并非那个神秘的声音，但并不影响众人随着童子前行。

穿过庭院的大门，又走过一处小桥，两边的竹林遮挡了大部分视线。

走过竹林后，前面豁然开朗，同样的琼楼玉宇，却比之前看到的更加气势磅礴。

所有房屋都依山而建，又自有阵法隔绝每一处住所。

这时，童子停下脚步，说道："各位随着自己令牌的气息寻找自己的住处即可。"

说罢，童子向前伸手，手前空间开始扭曲，紧接着泛起一道涟漪，童子走进涟漪之中便消失不见了。

众人大惊，这个看上去十岁左右的童子的修为居然如此深不可测。感慨归感慨，众人开始纷纷顺着自己令牌上的气息去寻找自己的住处，叶子也不例外。

此时，叶子来到了位于山中间位置的一处宅院。令牌与大门互相呼应，叶子能感受到此时的宅院与自己心灵相通，只要心念一动，大门就能打开。

走进院子，叶子并没有急于修炼，那几世的记忆让叶子仍有恍如隔世之感。叶子走到阳台上，从半山腰可以俯瞰皇室，虽然只有一角，但仍然气势磅礴。叶子自己都没想到，有一天会站在皇室眺望风景。也是因此，叶子相信，自己终有一天会站在这个世界的巅峰。

这三日叶子并没有修炼，而是做着每个普通人都会做的事情：睡觉，做饭，散步，看书，观景，发呆……其实，这对叶子来说胜过修炼，再次体会几世凡人所做的事情，让叶子对自己要走的路有了更加清晰的认识。

三天的时间，转瞬即逝。

"各位，第三关即将开始，各位请前往中央庭院。"随着那神秘的声音传来，所有人都站起身，向着中央庭院移动。没过多久，三十人全部到达中央庭院。

这时，那个童子再一次出现在众人面前，甚至没有人发现童子是如何过来的。"各位请随我来。"童子说罢，率先走了起来。众人只得跟着童子一路穿行，路上的景色大同小异，众人也没了观赏的心情。

大概不到半个时辰，童子将大家领到了一处竞技场前。放眼望去，巨大的竞技场几乎看不到边界，如此大的占地面积却用来作为竞技场使用，不愧是皇室手笔。

这时，那神秘的声音再次响起："第三关比拼的是实力，你们之间将会进行战斗，以决出排名，皇室将根据排名的先后嘉奖各位。值得一提的是，这第三关皇室中位高权重之人皆会前来观看，而天赋出众的天骄，将有机会被这些人选为传人或弟子，成为皇室成员。各位可要珍惜这个机会。"

不得不说，这确实是一个极富吸引力的机会，几乎是可遇而不可求的。只要被选中，便能平步青云，以皇室的背景来培养的天骄，必是战无不胜的一代强者。

"下面进行抽签！"神秘声音再次说道。

这时，那个童子手持着一个抽签筒。不过，里面没有签。只见童子摇了摇手中的抽签筒，里面传来了"哗哗"的声响。随后，童子便将其收回，默不作声地站在那里。

神秘的声音再次说道："抽签结束，各位可通过自己的令牌得知自己的号码。"众人这才纷纷拿出自己的令牌。

叶子看着令牌上确实出现了一个号码：5号。江娇的号码是22号。两人对视一眼，起码开始的时候彼此不会作为对手相遇。

这时，童子说道："各位请随我来。"

众人再次跟着童子走进竞技场。走进后众人才发现，偌大的竞技场周围早已座无虚席。其中最显眼的一片看台上，坐着许多气宇轩昂、仙风道骨的人，想必便是皇室那些位高权重的人，他们每个人的身边几乎都有一两个年轻人站着。另一边的普通看台上，除了早已入座的参赛者帮派或家族的长辈外，还有来自五湖四海的顶级帮派的高层。最后一边则是皇室中军队的人和前来看热闹的皇室成员们。

在竞技场正中间，站着一位老者。他面带微笑地看着众人走进竞技场。

"各位，这第三关，我们终于见面了。"

没错，这就是一直以来那个神秘的声音。

"先做个自我介绍，老朽姓南宫，乃皇室第四十七代太师，也是这届仙缘大会的主持，同时担任第三关的裁判。

"下面我宣布，第三关正式开始，之后我叫到号码的两人，请上台。"南宫太师道。

"1号、2号，请上台。"

此时，人群中的两人互相看了一眼，然后各自跳上擂台，向南宫太师行礼。

南宫太师微微一抬手："不必多礼。两位，老朽在此说一下规则，对战之中可以使用任何手段，生死由命，任何一方认输或跌下擂台，便为失败。"

两人点点头。

"嗯。"南宫太师也点了点头，然后看向众人，"各位可按自己的号码入座，等待比赛。"

就这样，一场比拼开始了，两位天骄各自使出了真本事。

作为第一场战斗，勉强还算精彩，没有出人意料的地方，但也没有什么瑕疵。最终 1 号获胜。接下来 3 号对战 4 号，也显得平淡无奇，以 3 号认输结束比试，让人提不起兴趣。4 号获胜。

接下来是 5 号，正是叶子，他的对手是 6 号，叫作徐胜天。

两人上场后互相行礼，随着南宫太师的号令，比试开始。

"只有凡人境？"徐胜天感到很奇怪。

叶子倒不以为然："你到底打不打？"

"能走到这里，即便你是凡人境，怕是也不容小觑。"徐胜天终于摆出起手的架势。

随着一声大喝，徐胜天冲向叶子。

两人交手两个回合，徐胜天大喝一声："冰龙破！"

一条冰龙在徐胜天手中凝聚后轰向叶子，叶子反手一拳直接轰在冰龙上。叶子的拳力却不减，直接击中徐胜天的脸部。徐胜天如炮弹一样被叶子一击轰飞，直接被轰向竞技场外围。叶子就这样获胜了，毫无压力的一战。再之后的战斗叶子也没兴趣关注，只是特别注意了风四郎和言公子的战斗。两人的对手都没有撑过一招就败了，也没能看出两人真正的实力到底如何。

倒是江娇那里出现了意外，再次对上了胡三刀。江娇挣扎了几个回合，最终认输。没过多久，第一回合就全部结束了，此时还剩下十五人。

胜者分别是 1 号张坤、4 号屠素素、5 号叶子、8 号金斗、9 号风四郎、12

号花语、13 号娄狄士、15 号言罗天、18 号红河、20 号潘东升、21 号胡三刀、23 号阮凯、26 号未雨绸、27 号骆后道、29 号沐月。

第二回合的规则是一人轮空，其他人进行第二轮比试。

轮空也是抽签决定，最终抽到了 26 号未雨绸。

"1 号和 4 号，请上台！"随着南宫太师一声令下，第二回合开始。

两人没交手几个回合，1 号就落了下风，4 号为了防止意外，使出了压箱底的本事，迅速结束了战斗。

4 号屠素素胜。

再之后是叶子对阵 8 号。毫无悬念，叶子一招取胜。然后是风四郎对阵 12 号花语。这个名不见经传的花语居然把风四郎困得毫无办法，花语藏匿在漫天花瓣之中，任风四郎如何使出手段，只要花瓣不灭，花语就是不出来。花瓣既可柔软如纱，也可锋利如刃，着实让风四郎头疼。最终逼得风四郎打起持久战来，一个时辰之后，花语落败。倒不是风四郎不敌花语，只不过风四郎不想这么早就拿出压箱底的手段。这一战风四郎胜。

之后的战斗也没什么可圈可点之处，值得一提的是，胡三刀居然败给了 23 号阮凯，这有点出乎叶子的意料，但看上去胡三刀也没有在意，反而显得很兴奋。

最终获胜的人是 4 号屠素素、5 号叶子、9 号风四郎、15 号言罗天、18 号红河、23 号阮凯、29 号沐月。轮空的是 26 号未雨绸。

之后便是第三回合，这一回合将决出四名胜者。

叶子还算运气好，目前都没有遇到很强的对手，包括 4 号屠素素。不过，屠素素的战斗方式倒是让叶子刮目相看：根本没有防守，一开始就是猛攻，甚至没有试探。

屠素素一身血影刀法要得出神入化，配合移形换位，简直步步紧逼，强行把叶子拉入了屠素素的战斗节奏之中。叶子也不得不调用冰火之力，加上烈火剑法与其对攻。没用多久屠素素便败下阵来，屠素素甚至底牌全出，也没能奈何得了叶子，反倒是叶子还藏着诸多底牌。最终叶子获胜。

再之后的一场，风四郎对阵言罗天。这两人应该是目前为止公认的强者，这也让所有人拭目以待。

"没想到我们这么早便遇上了。"言罗天看着对面的风四郎说道。

风四郎笑着说："既然如此，我们也别让大家失望为好。"

言罗天似乎和风四郎相识甚久，两人也没多说什么，便战在了一起。

武者之间的战斗都是以试探为先，然后根据对方的招式来变更战斗策略，很少有像屠素素那种上来就猛攻的。

风四郎和言罗天上来也没留手，互相之间都是杀招，可见两人不止一次地比试过，互相知根知底，便也不需要什么试探了。

叶子发现这言罗天也是修行的火系技能，甚至可以通过火焰炎遁，瞬间出现在任何位置。最终，言罗天似乎用出了底牌之一——焚烧自身，以自身的妖火为引，战力会越来越强，这有点像叶子的寒冰之力。

风四郎同样使出了底牌，当初风四郎与叶子交手的时候用过这招——赤莲破邪。

"轰"的一声巨响，场地被轰出一个大坑，甚至防止波及观众席的屏障都被震得晃动起来。

烟雾散去，风四郎仍然站在原地，而言罗天却半跪在地上，身上的妖火已经散去，嘴角也溢出了鲜血。

"咳咳。"言罗天咳嗽两下，"风四郎，你果然强大，这场我认输。"

风四郎仍然微笑着，目光却看向叶子，燃烧着炙热的战意。

最终，风四郎获胜。再之后的两场显然没有风四郎对战言罗天精彩，最终胜出的是 18 号红河和 26 号未雨绸。

如此下来，剩下的人便是 5 号叶子、9 号风四郎、18 号红河，以及 26 号未雨绸。

第四回合的第一战便是叶子对战风四郎。

南宫太师给了风四郎半个时辰的恢复时间，风四郎居然拒绝了，无奈之下南宫太师只得宣布开始。

风四郎和叶子站在场上。

"这是我们第二次交手了，上次败给你，这次可不一定了。"风四郎上来就说出了让全场都震惊的话。

"什么？风四郎败给过这个凡人境的家伙？"

"风四郎可能说的是自己也是凡人境的时候吧？"

"怎么可能，风四郎会败？"众人议论纷纷。

连皇室的那些权贵都皱起眉头，风四郎不是那种随意说话的人，显然这个凡人境的家伙真的打败过风四郎。

叶子看着周围的人议论纷纷的样子："你可真会为自己造势，很遗憾，这些对我造不成任何压力。"

风四郎笑着说："叶姑娘误会了，我只是说出事实而已。"

"少废话了，要战便战！"叶子说道。

随即叶子直接爆发冰火之力，在施展烈火剑法的基础上，用出了破击剑法。风四郎则将火沙之力汇集全身，一掌拍出。

两人上来就是最强武技的对峙。

叶子的破击剑法撞上袭来的巨大修罗像，甚至都没有发出声音，而是巨大的撞击力瞬间抽干了空气，从而使碰撞的地方产生了真空。几秒后才随着一声震耳欲聋的声响，两股不相上下的气息轰然爆发。

而观众席前那由仙境强者亲手布置的屏障居然出现了裂纹，摇摇欲坠，好在南宫太师立刻出手稳固住了屏障。

在竞技场中，叶子和风四郎飘浮在半空，两人脚下是一个深达二十几米、半径近百米的废墟大坑。可见这一招的威力。场外一片哗然，两人的任何一招都足以秒杀所有参赛者。在场的所有天骄此时心情复杂，原本以为自己是天选之子，但看到这个场面后他们连站在竞技场上面对两人的勇气都没有了。

"如果这是你最强的一击，那你可以败了。"风四郎笑着说道。

叶子也不含糊："这句话我同样送给你。"

"既然如此，我们便一招定输赢吧，你有资格让我用出最强的一击。"

"如你所愿。"叶子道。

观战的众人却非常吃惊。

"什么？这还不是两人最强的一击？"

"天哪，这到底是什么妖孽！"

"这样还不是最强一击？"

连南宫太师都面色沉重，这是往届仙缘大会都不曾出现的妖孽人才啊！南宫太师暗自想道，一会儿不管谁赢谁输，自己都要保证他们不被对方杀死。这种人才若为皇室效力，假以时日培养，简直可逆天而行。

皇室高层席位上，那些位高权重之人都在询问身边带来的年轻人，若是他们可有信心接下此招。这些年轻人自然都是心高气傲之辈，虽然心中颇感震撼，嘴上却都不肯承认。

就在众人议论纷纷的时候，叶子与风四郎两人也准备好了最强的一击。

叶子本想使出在第二关悟得的"火龙"，但最终还是决定按照自己的想法来。

此时，风四郎在不断地燃烧着自己的真气，周围的空气甚至都开始扭曲。随即，只见风四郎身后周围一里内都燃起熊熊烈焰，地面龟裂塌陷成一个无底深渊，似乎有什么恐怖的东西随时要爬上来。

叶子屏息以待，早已调动全身真气集中在剑上，叶子还是那招破击剑法。只不过这次的破击剑法和以往最大的不同之处是，叶子将全身的真气都集中于此。

等于说是毫无防守的一记猛攻，叶子自己都不知道，将全身的真气都凝聚在这一击上会产生怎样的威力。但可以肯定的是，这一击之后，叶子将无再战之力。

此时，风四郎一声怒喝："人屠降世！"

一只庞然大物从风四郎身后的地下猛地蹿出，浑身赤红如地狱的恶鬼一般。

只见恶鬼抬起一拳，巨大的拳头遮天蔽日，一拳轰了下来，速度之快甚至将空气都点燃了。

叶子突然弹跳向空中，迎着恶鬼砸下的巨拳而去。两者碰撞的瞬间，一道强光伴随着巨大的音爆响彻全场，所有人耳朵都被震得嗡嗡作响。

白光闪得人们睁不开眼，只能用神识去感受两者这一击的威力。随着白光淡去，众人才能看清场面的情况。只要看过去的人都不由得发出一阵惊呼：整个竞技场毁于一旦，地面整整下沉了百米有余，而那坑底残留的剑气还在绞杀着碎石。

再往天上看去，则更是恐怖，天空中的云层如被龙卷风卷了一圈，久久无法平静。

两人居然都还飘浮在半空中。叶子的右臂鲜血淋漓，骨头都碎了。

风四郎仍然面带微笑，只不过脸色发白，死死地盯着叶子。众人这才开始议论纷纷。

"天哪，这是何等的威力！"

"不可置信，不可置信，这是这个境界的武者该有的实力吗？"

"看来风四郎小胜一筹。"

南宫太师也从震惊中回过神来。

他急忙要喊出风四郎获胜。他感应了一下两人的情况，都是真气耗空，风四郎毫发无损，而叶子一只手臂几乎废掉了。

"这一战，风四郎获胜！"

南宫太师没有等叶子喊出认输便下达了判定，是为了保护两位天骄。

再战下去，必然有一方要伤及根基。

就在这时，风四郎说道："等等！"

南宫太师皱起眉头："怎么？胜负已分，你难道还要打下去？"

风四郎道："并非如此，我风四郎，认输！"

"什么？""风四郎认输？明明是叶子受伤了！"众人再次议论起来。

南宫太师也很好奇风四郎为何认输，便问道："你确定？"

风四郎点点头，再看向叶子，问道："你还有底牌未出吧？"

这句话连南宫太师都不敢相信，如果还有底牌，那要强到什么程度？

对南宫太师来说，像叶子和风四郎这个境界的人他随手就能灭掉，但他自知自己在这个境界的时候还完全达不到这个水平。

叶子说道："若这是你的最强一击，那么你看不到我的底牌了。"

风四郎微笑着点点头："我认输。"众人哗然，叶子居然还有后手，太可怕了。

南宫太师立刻说道："既然如此，此战叶子获胜。"

随后风四郎便没再说什么，回到了观众席上开始疗伤恢复真气。叶子也同样返回了观众席，江娇急忙跑过来帮叶子治疗手臂的伤口。

"你可真敢拼！"江娇埋怨起来。叶子笑了笑，没再说话。

此时被毁的竞技场，也在南宫太师的大法力下恢复如初。

这也让在场的所有人震撼不已，这简直有开天辟地之能，也不知道南宫太师达到了何种境界。

至于之后的一战，18号红河对战26号未雨绸，相比叶子和风四郎的一战就显得逊色许多。很多观战的人还在讨论刚才叶子与风四郎的一战，对于红河和未雨绸的战斗都没怎么看。最终，未雨绸以微小的优势赢得了比赛。

至此，2人晋级，分别是5号叶子和26号未雨绸。

在经过半个时辰的休息之后，迎来了决胜局。

不过，未雨绸自认为抵挡不住叶子那强大的攻击，所以还未上台便主动认输了。

就在南宫太师准备宣布叶子夺冠之时，却被一个声音打断了。

"等等！"

众人循声望去，只见坐在皇室席位的一个中年人站了起来。

南宫太师望去，然后行了一礼道："王爷，敢问有何指教？"

"指教谈不上，只不过我这逆徒想要与这届的第一比试比试。"中年人说道。

南宫太师一皱眉："王爷，可否等老朽宣布完排名再做比试。"

这时，中年人身边站起来一个面色白净的男子，一副傲然的样子："哼，我不承认她是第一，你即便宣布了又有何用！"

在场的人大部分都面露不喜之色，你算老几？你不承认就不是了？

只不过鉴于皇室的威严，都敢怒不敢言。

叶子也抬眼望去，见此人一副目中无人的样子，便也没搭理他。

南宫太师碍于王爷的面子，便向叶子询问道："这位小友，你对王爷的提议意下如何？"

叶子也没客气："怎么，皇室的规矩这么随便就能打破？"

这句话说得南宫太师老脸一红，但也不能丢了皇室的威严，于是怒喝道："放肆！注意你的言辞！"

"愚蠢！"这时，那小白脸嘲笑道，"皇室的规则只针对你们这群垃圾，我们皇族自然有资格随意修改。"

这话说完，连风四郎都皱起眉来看了一眼那人："你若想和她比试，至少得先赢过我们，否则你也没这个资格。"

"哈哈哈哈哈！好！"小白脸大笑一声，一个腾空跃到竞技场中，背着双手道，"你们所有人一起上吧，免得一个个地浪费时间。"

"狂妄！"

"目中无人！"

"就让我领教一下你的本事！"

众人都是天资绝代之辈，岂有过被人如此侮辱的时候，此时也不管对方是不是皇室，个个义愤填膺，要出手教训此人。

一群人蜂拥而上，站到了竞技场上，只有叶子和江娇没有上去。

此时江娇还在为叶子疗伤，虽然气愤，但也不能走开。

叶子发现胡三刀也没有上场，而是仍然坐在备赛席上，一副胸有成竹的样子。

小白脸笑道："一群土鸡瓦狗，一起上吧！"

众人大怒，纷纷使出自己的杀招，风四郎那一掌甚至比和叶子对战的时候还猛一分。

随着众人攻击的袭来，只见小白脸轻哼一声，身上气息爆发，然后一挥袖子，赫然化解了这些人所有的攻击。

还没等众人反应过来，小白脸又是一掌向人群拍去。

"嘭"的一声闷响，场上的众人纷纷被击飞，倒地之后口吐鲜血，瞬间丧失了战斗能力。

风四郎怒喝："你……你是真仙境？"

小白脸得意地说："是又如何？"

言罗天也怒喝道："你一个真仙境居然掺和我们天仙境的比试，你还要脸吗？"

"小子，你找死！"小白脸似乎被说中了痛处，杀意涌现，就要出手。

言罗天不惧："你敢杀我？"

此时，南宫太师立刻出手，阻拦住那小白脸，一掌将他的攻击打散。

"他可是言有信言总管的曾孙！"南宫太师对小白脸喝道。

小白脸脸色大变，急忙拱手道："误会！误会！还请言公子见谅，到时候我必备重礼登门道歉。"

言罗天见小白脸态度如此，便也没有再多说什么，而是冷哼一声，一挥袖子走下了竞技场。

小白脸见言罗天已经离开，便冷下脸来对众人说道："你们可还有皇室背景的人？"

众人都不说话，不知道这小子葫芦里卖的是什么药。

"既然大家都不说话，那就别怨我了。"说罢，他看向备赛席上的胡三刀。

这一幕叶子看到眼里，正纳闷这家伙怎么和胡三刀扯到一块去了。

突然，叶子似乎想到什么。果然，只见胡三刀打了一个手印，随后众人脚下便闪烁出一个阵法。与此同时，众人如同被禁锢一般，身体也散发出晶莹剔透的红色。叶子和江娇大惊，这是要将这些天骄炼制成真气丹！要知道这些天骄任何一个人如果被炼制成真气丹，足可以让一个什么都不是的人瞬间成为圣君境界的强者。虽然不清楚这样会有什么副作用，但恐怕愿意冒这个险的人是数之不尽的。只不过此时观战的大部分人，甚至百分之九十九的人都不知道这是什么，都以为是这王爷弟子的手段。

这时，这小白脸再次看向叶子："你是战，还是不战？"

叶子怒目而视："如此恶毒的手段，身为皇室中人居然使得出来？"

江娇立刻拉了一下叶子的衣角，示意叶子慎言。这里可是皇室，一旦事情败露，他们一定会杀人灭口。

此时，皇室区的那个王爷听到叶子如是说，不着痕迹地看了一眼叶子，眼中闪过一丝杀意。

那小白脸不依不饶："你若战，有本事赢我，我便放了这些人。你若不战或是输了……"

还没等小白脸说完，叶子便瞬间消失在原地，再出现时已经站在了竞技场上。

叶子伸出一只手指，对着小白脸："一招取你狗命。"

小白脸冷哼一声："有本事你可以试试，倒要看看谁死在谁手上。"

江娇见已经无法阻止，想了想后，一咬牙，急忙转身离开，希望找到救兵之前还来得及。

叶子浑身真气沸腾，从空间戒中随便拿出一把剑，绾了一个剑花后，摆出了攻击的姿态。

"死吧！"说罢叶子高高跃起，在空中的制高点，俯视着小白脸，然后默默地说道，"火龙灭世！"

叶子一剑刺下，在刺出的过程中，烈焰燃烧形成了一条巨大的火龙，遮天蔽日，一声龙吟响彻云霄。

火龙张开巨口，直冲小白脸。小白脸此时愣在原地，被其强大的气势所威慑，一时间竟然手足无措。

"住手！"皇室区的那位王爷猛然站起来，大喝一声。

但一切为时已晚。

随着一片耀眼的红光消失，地面上被击出一个直径百米深的无底洞，周围的石块都经受不住如此烈焰，渐渐熔化。

而那小白脸早已灰飞烟灭，死得连渣渣都不剩。

王爷怒火中烧，大喝一句："小畜生！给我死！"

说罢一掌拍向叶子。

叶子如断线的风筝，直接从空中被击向地面，在地上砸出了一个数米深的巨坑。

好在这王爷的一掌距离比较远，加上叶子早已经调用了全身的真气开启金刚护体，否则叶子挨这一下必死无疑。

这一切发生在转瞬之间，众人甚至都没有反应过来。

只见叶子从深坑中跳起，浑身是血，狼狈不堪，显然已经受了重伤。

"怎么？只许你们杀人吗？"叶子虽然重伤在身，但神情仍然坚毅。

"放肆！"王爷怒喝，"你们这群蝼蚁怎配和我皇室相提并论！"

王爷手中再次凝聚真气："今日你便是死个千遍万遍也不抵我徒儿的命！"

说罢，王爷再次一掌袭向叶子。

此时的叶子已经油尽灯枯，毫无还手之力，这一击之下，必死。

但叶子仍然没有丝毫惧意，即便是面对死亡，叶子仍然平静。

而就在这一掌马上要击中叶子的时候，一股澎湃的力量涌来，击溃了王爷的攻击。

"是谁？"王爷怒目而视。

"怎么这么大火气，说杀就杀，你还当这里是皇室吗？"随着一声冷哼，一位老者慢慢悠悠地走入了竞技场。

待王爷看清来者的面容时，不禁一惊："江义文？监察院调度使……"

"难得王爷眼中还有监察院这个名字。"江义文站定，扫视了一圈，其身后跟着一个女孩，正是江娇。

此时，江娇偷偷地向叶子使了个眼神，竖起大拇指，表示放心吧。

叶子心中一暖，叶子这一生没几个朋友，曾子青是自己的弟弟，董志算一个，如今江娇也算是让自己在乎的人之一了。

王爷此时也不客气："哼，你监察院还管不着这事吧？"

"怎么？许你插手仙缘大会，就不许我插手了？"

"这小畜生杀了我的徒儿！"王爷指着叶子喝道，"这总得给我个说法吧！"

江义文没有理王爷，而是看向叶子，问道："这位小友，你怎么看？"

叶子说道："他一个天仙七重境，能让我一个凡人境打死，死了就死了吧，活着也多余。"

这话的意思就是王爷你也是个废物，只有废物才能教出废物。这种大逆不道的话，死个一万遍都不嫌多。但这话叶子可是说给江义文听的。

"哈哈哈哈！"江义文大笑，"老朽好久没有这么痛快了，好，好啊！"

"你个小畜生！……"王爷指着叶子，气得手抖。

江义文斜了一眼王爷："怎么？还想以大欺小？你也不嫌丢人？在座这么多人，这要是传了出去，你王爷的威严何在？皇室的威严何在？"

王爷大怒："哼，本王把他们都杀了，谁也别想出去！"

众人大惊，纷纷指责王爷，你一言我一语，让王爷恼怒不已。

"王爷这是仗着皇室欺压我等？"

"我乃西域帮派，王爷难道要与西域为敌？"

"王爷这话可是能代表皇帝？"

王爷被指责得脸色铁青，自己一时冲动的话，倒是弄得自己下不来台。

江义文见此时王爷已经处于下风，为了避免对方狗急跳墙，江义文便打算借此要人。

于是，江义文压下了众人的议论："好了，各位请安静，王爷也不是这个意思，他只不过是一时的气话罢了。"

然后，江义文看向王爷道："王爷，此事就此翻篇吧。"

"不行！"王爷拒绝道，"我徒儿不能白死，这事必须给我个交代！"

"唉！"江义文摇了摇头，心想你这傻东西可算上套了。

江义文说："这样吧，剥夺叶子第一名的成绩，赶出皇室，永世不得入内。"

众人一听就明白，这哪是惩罚，这简直是安然无恙，什么事都没有，只要当没来过就行。

王爷自然不肯："你当本王傻吗？不行！"

王爷知道，此时再要叶子的命已经不可能了，但也不能轻易放过叶子。

他继续说道："废去这小畜生的修为，让她滚吧！"

江义文就等着这句话，于是说道："废其修为和杀了她有何区别。这样吧，将她打入我们监察院的大牢，让她在那儿受几年罪吧。"

王爷本想反驳，但又想到监察院也有自己的眼线，便应了下来，然后一挥袖子离开了。

江义文也不含糊："来人，将她带走，关入大牢。"

说罢，叶子身边突然出现了两个人，显然是监察院的人，架起叶子，消失在原地。

叶子只感觉到一阵天旋地转，在回过神来的时候已经在一间地室中。那两个监察院的人则站在两边不语，似在看着叶子。

叶子发现自己也没有被禁锢，而是就这么坐着，显然是在等什么人，既然对自己没恶意，叶子也就坐在椅子上没动。

没过多久，江义文走了进来，看着叶子微微一笑。

"想必不用老夫自我介绍了吧。"

叶子起身行了一礼："多谢前辈救命之恩。"

江义文摆摆手："哎，要不是我那孙女求情，老夫才不会蹚这趟浑水。"

"晚辈可以理解为既然蹚了就蹚到底吗？"

江义文不禁一愣："噢？此话怎讲？"

叶子起身，看看两边那两名监察院的人。

江义文道："无妨，他们乃老夫最信任的人。"

叶子点头，这才说道："想必前辈之所以来救我，必是江娇和您和盘托出了吧。"

"确实如此，"江义文点头道，"没想到我监察院都难插手的事，让你一个小家伙折腾到这个地步。"

"前辈过奖，想必前辈救下我，也不仅仅是救而已。前辈位高权重，有些事情实属没办法做，而我却不同，没什么不敢做的。"

江义文对叶子刮目相看，但也说道："聪明，但有时候，装傻也有装傻的好处。"

"若是没有江娇，此时的我怕是已经在装傻了。"叶子说道。

"唉，"江义文叹了口气，"老夫也不能眼看着言有信对我江家百般打压。有你这么一个人，对我江家来说倒是一个机会。

"不过，丫头，你可想好了，今后的事情，我江家可不会在明面上支持你，甚至还会打压你。"

"我明白。"叶子说道，"装傻也有装傻的好处。"

"哈哈哈！"江义文大笑一声，"孺子可教也，跟我来吧。"

说罢，他起身离开地室，叶子跟在其后。

两人一路穿行，来到了监察院的大牢之中。

江义文道："照例我得将你关进监察院的大牢中。但是，鉴于你罪恶深重，我决定将你关入寒池大牢，那里生不如死，你可要好好享受。"

江义文这话说得一点威严都没有，还特意强调了"享受"两个字，恐怕这寒池大牢对叶子来说是福不是祸了。

叶子在两名监察院人员的押送下，跟着江义文走到大牢尽头的一扇大门前。

只见江义文拿出一块令牌，扣进大门上的一个凹槽里。大门缓缓打开，接下来是一堵墙，然后那堵墙向上缓缓升起，露出了地面，或许说是水面更合适。

这里只有这潭水，散发着惊人的寒气，想必这就是江义文说的寒池大牢了。

江义文转身对叶子说道："进去吧，沉入寒潭，没我的命令不得出来。"

叶子也是心智过人之辈，见江义文这么说，必然有他的用意，所以也没啰唆，一个纵身便沉入寒潭之中。

江义文大手一挥："关门！"

江义文这边暂且不提。

叶子刚进入这寒潭，就感觉全身冰冷刺骨，但没过多久，叶子便发现这寒潭对自己的寒冰之力有着极大的作用，甚至是大补之物。叶子开始用寒冰之力吸取寒潭里的寒气，起初还是小心翼翼，到后来干脆大快朵颐。就这样，时间不知道过了多久，叶子总觉得事情并非这么简单。

如果只是让自己吸收寒气，何必这么曲折。

叶子往寒潭深处看了看，决定下去看看。

……

第八章

勘破轮回　情何以归

随着时间的推移，叶子都记不得自己下潜了多久，而且水越深寒冷的效果越明显。叶子继续下潜，她就不相信这个寒潭没有底。就这样，她边吸收寒气边下潜，时间慢慢流逝。

大概几个月后，叶子终于沉到了寒潭的底部。

叶子站在寒潭底部，四下感知，除石壁外，什么都没有。只有脚下的地面让叶子感到奇怪，踩上去极其富有弹性，踩出的脚印很快就会恢复原样。叶子百思不得其解，不管用什么方式尝试都没有结果。叶子也不想了，干脆坐下来潜心吸收寒冰之力。

修炼无岁月，一晃一年就过去了。

如今叶子体内的寒冰之力的纯度几乎凝实，要说之前叶子的寒冰之力是一的话，现在就是一百，发挥的威力也不可同日而语。

此刻叶子发现自己再也吸收不了这寒冰之力了。也就是说，此时叶子的寒冰之力的纯度已经无法再提高了，需要更高级的寒冰才行。叶子正考虑要不要离开这里的时候，突然发现这寒潭四周的墙壁上刻满了文字。这在自己潜下来的时候可是没有的，难道和自己的寒冰之力大成有关系？

叶子开始看向这些文字，越看越心惊，这壁刻的文字乃是一套绝世功法，叶子敢肯定这套功法绝对不属于这个世界，因为连修行的体系和方式都不一样，但所发挥出来的威力极其逆天。更关键的是，这套功法需要寒冰血脉才能修行，而叶子的经脉在冰火之力之间可以随意切换。

不过，这套功法也有弊端，即修行到一定程度之后会受到寒冰的反噬。若要解决这个问题，需要使用引星诀来吸收星体的能量。

此时，叶子才不在乎那所谓的反噬，自己有淡青色的火焰，应该能解决这个问题。此刻的叶子是这么认为的，却不知在七年后险些因此丢掉性命。

言归正传。

叶子便在寒潭底部开始修炼这套功法。

根据这套功法所言，修者若要成仙，便要先炼体，炼体至可吸取天地之灵气的境界，便可筑基。

待筑得良好的根基，冲开体内所有气滞，便可反虚。

反虚便成金丹，不过精气神三物，是以三物相感，顺则成人，逆则生丹。

何为顺？一生二，二生三，三生万物，故虚化神，神化气，气化精，精化形，形乃成人。

何谓逆？万物含三，三归二，二归一，知此道者怡神守形，养形炼精，积精化气，炼气合神，炼神还虚，金丹乃成。

金丹若成则步入金丹期，丹成修神，以丹炼神，乃修炼元神，上冲中宫位，寻本性而练化元神，谓之"明心"。

阳神炼化纯圆，飞腾而上于脑中"见性"。

寻着离宫阴神，聚结合体在泥丸宫，霞光满室，遍体生白，叠起莲台，虚养命胎，进而胎化元神。

元婴养育健全，冉冉而出天门，旋而又回。

元婴修炼成功后，就已经是半仙之体。

而半仙又唤作小乘，须经三生十六劫，方可大乘，但大乘之难超乎想象，速者四生百劫已算天资出众。

达大乘者，也被称为人仙，已将生死置之度外，得万年之寿，修三十二相，每修百年庄严一相，故而三千二百年修得。

再进一步便为渡劫，即渡天劫，渡劫者将与天争命，渡过天劫后，即可突破人间界的桎梏，终修成仙，此仙乃天仙。

而天仙之上，还有境界，故而不论，能得天仙者万亿分之一。

……

叶子看得目眩神迷，这等修行的方式闻所未闻。

叶子不知道自己现在所谓的半仙境如果放在这套修行体系之中会是什么阶段。

与其瞎猜，不如试一试，反正暂时也出不去。

叶子开始修炼这套功法。

就这样，时间一天一天地过去了。

转眼间，已经过了四年。

……

这一天，叶子睁开了眼睛，眼中精光一闪，转瞬又恢复了平静。

叶子之所以醒来，是因为她感受到寒池大牢的门被打开了。没错，打开大牢的正是江义文，也就在他刚刚打开大牢的时候，叶子就出现在了他的身边。叶子看到四周并无他人，显然是江义文自己一个人来的。

"前辈。"叶子深施一礼。

江义文点点头："不错，五年时间，可以修行到天仙圆满。"

叶子一惊："前辈知道这功法？"

"并不知。"江义文摇摇头，"但我知道那套修行体系。"

"那前辈走的可是这条路？"

"不然我怎么能看出你的实力？"江义文道，然后犹豫了一下，继续说，"也正是我修行了这条路，言有信才看不出我的深浅，所以只囚禁了我儿子来试探我。"

叶子这才明白，原来此事还有这种隐秘之所在。

"敢问前辈，这体系从何而来？"叶子又问。

江义文笑了笑："你可曾听闻皇室中有一个传送阵可以通天？"

江义文这话让叶子想起了夏敏曾经也这么说过，便点了点头。

"何止是通天，而是通往一个更高级的世界，这修炼体系就是传承自那里。"

叶子惊讶，甚至开始向往那个世界。

"你也不必惊讶，像你这样的人早晚要走向那更高的世界，现在还是不要多想了。"

叶子冷静了下来。确实，现在叶子还有更重要的事情要做。

"不知前辈唤我何事？"

江义文也没说话，而是拿出一块令牌交给叶子。叶子接过令牌，上面刻着一个"皇"字。

"那蔡武的案子，如今监察院已经不再主管这件事，而是被言有信下面的人接管，所以在明面上我们已经无权过问此事。不过，你可以。"

江义文看着叶子继续说："只要你能掌握充足的证据，我监察院便可配合你拿下蔡武及其身后的利益链。"

"那这块令牌？"叶子问道。

"这令牌算是给你一个皇室的身份，好处是帮派不敢轻易动你，你也可以调动一些帮派资源。但弊端是，这令牌对皇室成员毫无作用。"

"谢前辈！"叶子再次作揖。

"至于该怎么做，你自己看着办就行，若有事情要上报，你知道怎么找到我的。"叶子点了点头。

"若不彻底铲除以蔡武为首的那群势力，待到不可控制之时，我江家必然会被言有信吞并。而你，除复仇外，仍有雄心壮志，还一个朗朗乾坤于这世界。"

"去吧！"江义文挥挥手。

叶子再次对江义文深施一礼，随后便消失在了幽暗的大牢中。

……

第九章

一决雌雄　谁与争锋

在江家的密室中，叶子见到了江娇。

叶子现在想知道，那天她被带走后，那些天骄后来如何了。

江娇见到叶子后，开心得不行。她拉着叶子问长问短，看这意思，显然江义文并没有告诉江娇叶子的下落，而只是告诉江娇叶子没有死而已。两人聊了很久，叶子也很开心。不过开心归开心，正事还是要做的。

"我被带走之后，那些天骄后来如何了？"叶子终于找到机会问这个问题。

江娇咬咬牙："那是胡三刀的诡计！"

"此话怎讲？"

经过江娇的叙述叶子才知道，原来那天被困在阵法中的天骄们，王爷的徒弟本来想当着在场所有帮派和皇室人员的面，把他们活活炼成真气丹。

但叶子在那小白脸执行计划之前就把他杀了，所以等于变相救下了所有天骄。

那届仙缘大会就这样匆匆结束了。

为了弥补这次大会弄出的意外，皇室特意开放了一个修行秘境，让众天骄再一次修炼半年。

事后，言罗天才从他的祖父言有信口中得知事情的来龙去脉，言有信本来是想让言罗天杀了叶子。

可言罗天本来就与中州言家不合，巴不得由西域言家接管整个言家事务。

因此，言罗天不但没有去找叶子，反而找到风四郎将事情和盘托出。

言罗天的意思是，要联合风四郎将蔡武杀了，接管他炼制真气丹的事业。风四郎却拒绝了，两人大战了一场后，言罗天离去。后来，风四郎将那些天骄集合起来说明此事，并且告诉所有人，大家都欠叶子一条命。叶子听到此处，对风四郎的观感也没有以前那么糟了，至少他是个敢做敢当的人。

"然后呢？"叶子问道。

然后，用武者炼制真气丹的事就像长了翅膀一样，一夜之间传遍了整个中州。

现在这事基本上已经不是秘密了。

蔡武和胡三刀等人还成立了新的帮派，叫作骑士团，可谓横行霸道，中小型帮派被灭了的不计其数。

"皇室也不管吗？"叶子问道。

江娇摇摇头："现在这件事归言有信派系负责，下面办事的都是睁一只眼闭一只眼。"

叶子思索起来，目前看来，此事反倒是好办了。

江娇继续问道："你打算怎么办？"

"首先要掌握证据，这样你祖父才有理由出兵。"叶子道。

两人又商量了片刻，叶子便离开了。叶子一路急行，离开中州，直往海边。没错，叶子要去找一趟夏敏。夏敏还是像往常一样，打鱼回来在屋外处理那些新鲜的鱼，而此时叶子则站在夏敏身后看着她。直到夏敏回身拿东西的时候才发现叶子，虽然被吓了一跳，但夏敏在确认是叶子无疑的时候还是高高兴兴地给了叶子一个拥抱。

"你可算回来了！"夏敏埋怨道。

叶子奇怪："怎么了？"

"我们帮主这五年为了找到你，就差把整个中州掘地三尺了。"

"中青帮现在如何？"

叶子没有直接问龙图圣君，而是问中青帮。叶子知道，即使自己不问，夏敏也会说个不停。

果然，在夏敏的叙述下叶子才知道中青帮这五年来的经历。

中青帮自从公布了将军坟后，便与滕家联手了，加上董志和曾子青等人的助力，中青帮已经顺利稳定了顶级门派的地位。

之后，龙图圣君开始四处打听叶子的消息，后来得知叶子并没有死，龙图圣君便派下人去打探叶子的消息，甚至派人去了魔域和西域。

"有时间去中青帮看看帮主吧。"夏敏说道。

叶子点点头，心中也有了自己的想法。

龙图圣君看来过得还不错，而董志他们在龙图圣君手下做事自己也很放心。现在中青帮又是顶级帮派，想必今后没有意外的话应该能延续下去吧。而自己要面对的敌人除了已成气候的蔡武，还有皇室中那些未知的力量。

见叶子心事重重，夏敏问道："你找我恐怕不止来询问中青帮的事情吧？"

"嗯，如今的局面我已经有所了解，关于蔡武的信息，我还想知道更多。"

遗憾的是，夏敏也不知道更多消息。虽然蔡武的所作所为以及成立骑士团的事是大家都知道的，想更进一步了解，却没有人知道。可见蔡武这帮人的组织性、纪律性何其严格。

除此之外，倒是有一件事让叶子颇感自责。

当初龙图圣君力排众议开放将军坟，又将中青帮大权交给叶子时，副帮主宇极力反对。最终两人大吵一架，宇便离开了中青帮，至今去向不明。龙图圣君却没有告诉叶子这件事情，他不想让叶子有什么心理负担，想让她安心地参加仙缘大会。这件事让叶子对龙图圣君更加抱有好感，但也是这件事让叶子觉得，不能再将龙图圣君拖入这趟浑水之中。

离开夏敏处，叶子直奔大盛帮。

叶子之所以去找夏敏，一是想了解一下龙图圣君的情况，二是想通过夏敏让龙图圣君知道自己回来了。

叶子知道，以龙图圣君的心智，自然能猜到自己后面要做的事，而没有直接去找龙图圣君，也是怕因此将中青帮拖下水。

现在，自己有更重要的事情要做：复仇！

顺便让蔡武他们知道我叶子又回来了，既然蔡武早晚都会知道自己回来了，倒不如高调一些。

……

叶子再次来到大盛帮的山门前。她并没有急着进去，而是望着这山门，自己曾经修行的地方，几度把这里当成自己的家。如今再回来，物是人非，甚至要杀进去。如果可以，叶子并不想这么做。但如果必须这么做，叶子也不会手下留情。

看山门的两个守卫早就传信进去，但见叶子不曾进来，便壮着胆子问："叶……叶师姐……你来干吗？"守卫的话把叶子拉回现实。

叶子看向那个守卫，直接说："我要进去。"说罢，叶子向大盛帮里面走去。两个守卫哪是叶子的对手，在叶子迈开腿的时候，两个守卫就被禁锢了。

叶子穿过山门，来到一片广场，这里是迎接新成员的地方，此时却是严阵以待，由众位长老带队，一副如临大敌的样子。看这架势，叶子知道没办法好好说话了。

"这就是诸位的待客之道？"叶子问道。"哼！"二长老冷哼一声，"首先得是客！你一个帮派叛徒有何资格为客！"叶子看着二长老，突然想起了什么："哦，对了，二长老，我记得和你说过，我早晚会回来讨个公道。""公道？"二长老冷笑，"我们就是公道！"

叶子环视了一圈众人，然后看向身后山上的内门成员区域。

"顾秀呢？让她出来。"叶子淡淡地说。旁边的大长老一皱眉："顾长老也是你想见就能见的？""顾长老？"叶子惊讶了一下，随即便释然，"原来如此，已经是长老了啊。""算了。"叶子叹了口气，"你们不让我见，我便自己去见。"

说罢，叶子向着后山走去。这时，几位长老突然拦在叶子前。二长老喝道："你再往前一步，休怪我等不讲当年同门情义！"叶子一愣："同门情义？同样的话还给你，你再挡在我面前，休怪我不讲当年的同门情义！"说罢，叶子大步向前走去。

二长老仗着人多，大喝一声："小畜生！"说罢，冲向叶子。叶子连剑都懒得出，只是并指如剑，一扫而过。

"噗"二长老边吐血边飞出去，直到消失在远方，也没见二长老有落地的趋势。

众人目瞪口呆。"你……你把老二怎么了？"大长老质问道。叶子斜了一眼大长老："你是想去找他，还是去把顾秀给我找来？"

大长老见叶子不好惹，便只能说道："顾长老早已经不在帮派了，两年前便随蔡武离开了……"

"既然你知道蔡武为何人，为何还要陷害我？"叶子怒喝。随即叶子身上爆发出一股强大的能力波动，瞬间覆盖了整个大盛帮，在场有很多人甚至受不了这压迫感而跪了下来。在密室修炼的大盛帮帮主天桥圣君都没敢吭声，而是选择继续闭关。

大长老满头是汗，他怎么也没想到叶子能达到这种程度。"帮派需要一个天骄，所以……所以我等便选择了顾长老……"大长老咬着牙说道。

"这就是杀我的理由？"叶子问。大长老叹口气："唉，你和顾长老的矛盾不可调和，我们也只能选择除掉你……""哼！"叶子冷哼一声，收起了气场。

叶子之所以这么做，一是要给众人一个下马威，让众人知道自己的实力；二是感受一下有没有顾秀的气息。确如大长老所说，此刻整个大盛帮都找不到顾秀的气息。

"顾秀去哪儿了？"

大长老急忙说："我等真的不知道顾长老的去向……"

叶子知道，这种时候大长老不可能撒谎。

"福宝呢？"叶子又问道。

大长老说："福宝四年前就离开了门派……"

"你等既然知道蔡武所做之事，不但不阻止，还助纣为虐！留你们何用！"叶子眼中闪过一丝杀意。

大长老吓得急忙跪下："我等并非毫无作为，为了防止蔡武过河拆桥，我们也留了后手……"

"说下去！"

"你可还记得陈锋？"叶子点点头，大长老叹口气，"唉，发现蔡武之事的人最初乃是陈锋……"

随着大长老娓娓道来，叶子得知陈锋原来是第一个发现蔡武所做之事的人。他上报了大盛帮，大盛帮的高层认为蔡武不足为惧，便让其监视蔡武的动作。

之后便发生了顾秀联合蔡武杀害叶子一事，做这件事本来就是顾秀想获取队长职位，蔡武只不过帮忙而已。

陈锋与顾秀早就私通，陈锋得知此事后，对顾秀怀恨在心，便想除掉蔡武，于是才有了让叶子押送蔡武渡船之事。只不过顾秀早有安排，暗中救下了蔡武。

之后，顾秀带着蔡武和真气丹回到了大盛帮，看到顾秀的境界，大长老决定培养她。他同时也让陈锋主动投诚蔡武做内应，以防万一。

蔡武成立的骑士团中，除胡三刀外，陈锋和一个叫高天的人也是核心成员，以这四人为首，手下虽只有十五人，却个个实力强悍。

利用真气丹所得的资金，加上幕后势力的帮助，蔡武等人迅速步入仙境，称霸一方，虽算不上中州最强势力，却是最疯狂的势力。

听完大长老的话，整件事情的来龙去脉清楚了。

"如何找到陈锋？"叶子问道。

大长老拿出一个令牌，交给了叶子："我们大盛帮的商行，出示令牌即可。"

叶子收起令牌，说了一句："今日我不杀你们，以后若还有针对我的事情，你们好自为之。"

说罢，叶子转身慢慢地走出了山门，一众人连动都不敢动。

大长老似乎瞬间苍老了几十岁，嘴里念念有词："我们老了……"

第十章

清风伴月 传奇无双

中州城大盛帮的商行生意还算不错，人来人往。叶子坐在商行对面的酒楼里，到此时已经盯了一天了。倒不是叶子不相信大长老所说的，只是她一向谨慎罢了。见没有什么异样，她乔装打扮了一番才走进商行。

"客人，请问要些什么？"一个招待立刻迎了上来。叶子披着带有罩帽的披风，四下张望了一眼道："你们掌柜的可在？"

"客人可是有重要物品出售或者购买？"叶子点了点头。

女招待立刻笑容更胜："客人请到二楼等候，我去请掌柜。""有劳了。"叶子说罢转身便上了二楼，寻了一处角落坐了下来。

没过多久，一个肥胖的中年人在女招待的带领下走上二楼，看到叶子坐在角落，便快步走了过来。

"客人，这位就是我们的掌柜。"女招待介绍道。

叶子却是一愣，这不是福宝吗？但叶子并没有表现出来。这时，听到福宝笑道："客官，在下姓一，贱名口田。"

叶子听后差点儿没笑出声来。这不就是把福姓拆开了吗？叶子也没说话，直接拿出令牌交给了福宝，就是"一口田"掌柜。

福宝看到令牌，脸色一沉，对身后的女招待说："你先下去吧。"

"是。"女招待行了一礼后告退。

"客官请随我来。"福宝说罢，便在前带路，叶子跟在身后。他们进了一间密室，福宝立刻掏出一把刀架在叶子脖子上。

"说！是谁让你来的？"

叶子一笑："呵呵。"

福宝愣了一下，这声音怎么这么耳熟？叶子将头罩褪下，露出了那张福宝朝思暮想的脸。

"咣当"，刀掉到了地上，福宝不可置信地说："叶……叶师姐！"

"怎么？不认识我了？"

福宝急忙摇摇头，然后"哇"的一声哭了出来，抱着叶子的大腿，边哭边说："叶师姐啊，我找你找得好苦啊！"

叶子满脸无奈，这不是福宝的作风啊，于是拉起福宝。"说说吧，你怎么在这儿？大长老说你早就离开门派了。"福宝擦了一把眼泪，这才说起事情的经过。

当年仙缘大会结束，福宝听说叶子被关进了监察院大牢，可急坏了。四下打探了一番并没有什么线索，再加上帮派中都知道福宝是叶子的人，于是各种为难福宝，不让福宝有机会去帮叶子脱身。最后，福宝一咬牙，找了个机会偷了卷宗室的机密卷宗后一个人跑了。

大盛帮派人四处找福宝，福宝去落霞岛的老朋友那儿躲了一年多，直到外面风声没那么紧了才偷偷溜回了中州。

那卷密宗记录了陈锋被派遣作为卧底之事，还有大长老如何联系陈锋的方式。福宝想着从这条路下手，没准可以为叶师姐报仇。

福宝为此是谋划了好一阵子，终于在商行掌柜回帮派处理事务的路上把他给杀了，然后拿着提前准备好的商行掌柜上任令和掌柜令牌来到商行。摇身一变，他成了这里的掌柜，就等着有一天有人来接头陈锋。这一待就是两年，商行打理得不错，每月有人去帮派报账，倒也相安无事。

直到刚才叶子进来。

"哼。"叶子坏笑一声，"替我报仇？我又没死，报什么仇？"

"这个嘛……"福宝挠挠头，"我的意思是看看有什么机会把叶师姐救出来。"

"说，怎么联系陈锋？"

"这个我知道，那令牌给我用用。"

叶子将令牌交给福宝，福宝将其拿到一个神像前，将令牌扣进一个凹槽，片刻后又拿了下来，把它还给了叶子。

"城外西南方一千里，去了那里陈锋自会通过令牌找到你。"福宝说道。

"这是什么东西？"叶子指着神像问道。

福宝摇摇头："我也不知道，总之用这个可以联系到陈锋。"叶子点点头，她相信福宝不会骗自己。

"叶师姐，要我和你一起去吗？"

"不必了，此行若有危险我护不了你。"

"可是……"福宝欲言又止，最后说道，"可是，师姐你上次让我办的事情我已经办妥了……"

叶子一笑："我就知道你小子想方设法找我没安好心。"

"叶师姐你这说的哪里话啊。"

"在这儿等着，我见完陈锋就回来再跟你结账。"说罢，叶子转身而去。

福宝大喜："师姐慢走，早点回来啊……"

叶子无语，不过这件事说起来也怪自己。在调查蔡武期间，叶子和龙图圣君在落霞岛偶然救了福宝。最后，两人商量了一个办法，让福宝照做，之后会给福宝一百金币。让福宝做的就是回到中州，将这些真气丹分布在各个商行出售。然后，他们跟踪真气丹的流向，看看能不能引出幕后之人。但之后，叶子因参加仙缘大会而被关入寒池大牢，这件事便不了了之了。

以福宝的性格，一百金那是值得拼了身家性命也要得到的。这么看来，福宝倒是一个忠诚的人。

没过多久，叶子便来到了指定的地方，仍然是披风加罩帽，这是一片荒无人烟的乱石岗，地面上四处都有巨大且深不见底的裂痕，确实是一个"约会"的好地方。

叶子并不惧怕陈锋有什么后手，以叶子现在的实力，十个陈锋都不够她杀的。叶子就站在那儿一动不动，只有斗篷随着风摆来摆去。

两个时辰后，叶子感到远处有人在接近，然后停在离自己一里的地方观察着这边。通过气息判断，想必就是陈锋了，只不过这气息中带着狂躁和凶暴。如此看来，陈锋必然是服用了大量的真气丹。

现在的陈锋，与其说是卧底，不如说是彻底成了骑士团的一员。陈锋观察片刻，没有感受出修为，便有了退却之意。也就这么一不留神的工夫，陈锋发现那个人不见了。正在寻找的时候，叶子出现在了陈锋身后："别找了。"陈锋一惊，立刻闪身与叶子拉开距离："你是何人？"

叶子说："陈师兄，别来无恙啊。"叶子说着，摘下头罩。

"叶子？"陈锋惊讶，随即哈哈大笑，"哈哈哈！那几个老家伙终归是守不住什么秘密的。"

"陈锋，蔡武在哪儿？"叶子问道。

"想必你达到这个程度，该知道的也都知道了，怎么？你是想报仇了？"陈锋目光阴冷下来。

叶子却一脸平静："陈锋，咱俩并无生死之仇，我们并没有刀兵相见的必要。"

"若你觉得筹码还不够。"说着叶子拿出皇室的令牌，"加上这个呢。"

说罢将令牌扔给陈锋，陈锋一看，心中大惊，但表面仍然平静："你这是加入皇室了？"

叶子摇摇头："不，代表皇室，奉旨办案。"叶子吹了个牛，不然她担心镇不住陈锋。

陈锋犹豫片刻："蔡武的位置，我不能告诉你。"说着，他将令牌扔回给叶子，继续说道，"但是，我可以告诉你另一个人的位置。"

叶子眉头一皱，陈锋则诡异地一笑。

……

夜色迷人，繁星满天，这样的天气会让人心情愉悦。此刻，顾秀的心情却愉悦不起来。此刻的叶子站在一所宅院前，面对数个拔出刀的护卫，叶子却一副淡然的样子仰望着星空。

这里自然是顾秀藏身的地方，叶子没有想过隐秘行动，而是光明正大地来此。因为顾秀现在是蔡武的姘头。

叶子将目光转到数个守卫的身上，守卫们顿时如临大敌。剑，慢慢出鞘。

叶子开始走向大门，守卫们也纷纷备战，向四周散开，接着围拢过来。也不知道是哪个守卫率先动手，战斗瞬间打响。几个守卫甚至都不是叶子的一合之敌，便纷纷倒在了血泊之中。

叶子推开了大门。庭院里小桥流水，灯火通明，却弥漫着肃杀的气氛。两个武者挡住了叶子的去路，叶子仍然一言不发，持剑而上。这两位武者根本无法阻拦叶子，甚至都来不及发出惨叫。

此时，庭院的二楼不知何时出现了一片弓箭手。弓箭手几乎同时放箭，叶子毫无惧色，一记破击剑法。"轰"的一声，整个庭院都被轰成一片废墟。

叶子踏着废墟而过，继续向里走去。这时，又是一众武者出现，眼中闪着狂热之色，显然不惧生死。这群武者与叶子战到一起，但明显悍不畏死，甚至拼着以伤换伤地打。即便如此，这些武者也没能伤到叶子分毫。

想必顾秀也知道这样下去没有意义。"退下！"内室中传来了顾秀的声音。几个还活着的武者，纷纷退到左右两侧。

这时，顾秀打开内室的门，走了出来。此时的顾秀看上去颇具气质，有种出尘脱俗的感觉，但眼神仍然是一副恶毒的样子。

"叶师姐，你可真是阴魂不散。"

叶子淡淡地看着顾秀，没有任何表情："你可想到有今天。"

"今天？你能活得过今天吗？"顾秀说完，浑身真气爆发而出，居然有真仙境的修为。

顾秀一点也不含糊，从身后抽出两把匕首，刺向叶子。叶子用剑格挡，明显感到了顾秀真气的驳杂，混乱之中带着狂暴。两人对拼几个回合，顾秀皱起眉来。

"你到底是何等境界？"顾秀问。"足够杀了你的境界！"叶子也不多解释，直接破击剑法向着顾秀斩去。

顾秀看出此技不凡，也使出底牌。只见顾秀两把匕首同时斩出，一道十字剑气向着叶子斩去。叶子的破击剑法也撞上了顾秀的十字剑气。周围的一切瞬间被摧毁，两股强大的剑气瞬间搅碎周围的一切，连刚才停手的那几个武者也未能幸免。

顾秀的神色更加凝重，似乎面前的人不是那么好对付。

叶子也不想浪费时间："拿出你最强的一击，否则下一次你就没这么幸运了。"说罢，叶子开始调动体内的真气，并且飘浮到上空。

顾秀心想："这气息……"

顾秀也不再留手，运转体内真气，这一技能叫作撼天，顾名思义，此技一出撼天动地。此乃魔域顶级帮派的传承，顾秀也不知道从哪儿得来的，只不过还没有完全炼成。

叶子一剑刺下，在刺出的过程中，烈焰燃烧形成了一条巨大的火龙，遮天蔽日，一声龙吟响彻云霄："火龙灭世！"

"烈火剑法！"顾秀撕心裂肺地喊道。她知道，自己这一击完全不足以和叶子的火龙灭世媲美。

顾秀仍然打出这一击，否则就会身死道消。顾秀不想死，拼尽全力的一击，加上自己求生的执念，居然让这一记"撼天"的层次更上了一层。

但是，结果仍然是注定的，只不过顾秀的求生欲最终还是让顾秀留了一口气。顾秀奄奄一息地躺在地上。

毫发无损的叶子走到顾秀面前："你还有什么遗言。"

顾秀此时鼻子一酸，眼泪哗哗地涌了出来："我错了……我应该好好地活着……"

也许人就是这样，只有在失去一切的时候，才会后悔。顾秀本就是个胆小的女人，为了让自己活得更好，只能趋炎附势，同时所付出的代价往往都是人生最珍贵的东西。所以顾秀会贪婪、会膨胀、会目空一切，而最终所付出的代价便是生命。

叶子举起剑，顾秀看着叶子，也没再说什么，而是紧紧地闭上眼，等待着终结的那一刻。

叶子一剑刺了下来，剑尖停在了顾秀的咽喉。

这时，顾秀听到叶子冷冷的声音："你还有一个机会可以活下去。"

顾秀没有睁开眼，而是点点头。顾秀知道叶子所说的机会是什么，此时她只想活下去，哪怕成为一个普通人，顾秀仍然希望可以看到明天。

对叶子来说，在决定与蔡武对抗到底的时候，她就已经放下了仇恨，只不过叶子自己并没有意识到。当刺下那一剑的时候，叶子才发现，自己并不恨眼前这个女人，至少此时此刻不再有恨意，取而代之的是同情。其实，叶子也不恨蔡武，她恨的是这世上的不公，恨的是这世态炎凉。叶子只能靠自己去改变这些，哪怕只有一点。但叶子相信，星星之火，可以燎原。

……

当叶子将顾秀带到了江家的时候，江娇一副不可思议的样子看着叶子。叶子也并没有多说什么，只是嘱咐江娇将顾秀交给江义文，便离开了。叶子还有一件事情要做。

仅靠顾秀所知道的，必然无法彻底铲除蔡武等人。叶子再次回到了大盛帮的商行。福宝见到叶子回来，不值钱的眼泪"哗哗"地又流了下来。

"叶师姐啊，你可算回来了，我听说你把顾秀给抓了？"

"怎么？担心你的钱没人支付？"叶子盯着福宝说道。

福宝的头摇得跟拨浪鼓似的："没没没，师姐的安危最重要！"

叶子懒得搭理福宝，随手扔给福宝一个空间袋。福宝接过来打开一看，整整一百个金币。此时，福宝的嘴都咧到后脑勺上去了，要不是叶子在旁边，福宝估计要开心得飞起来。

"去，约一下陈锋。"叶子说道。

"好好好，这就去。"福宝还在开心中，随口便答应了下来。可刚走两步，福宝便停下，急忙转头问道："师姐你说啥？约陈锋？"

"怎么？不行吗？"

"不是啊，师姐，你抓了顾秀，蔡武他们肯定不会放过你，你现在找陈锋，不是自投罗网吗？"

"你懂个屁！"叶子骂了福宝一句，"陈锋之所以告诉我顾秀藏身的地方，你难道不明白什么意思吗？"

福宝这才仔细地想了想："难道陈锋是故意的？"

"你也算没白长这么胖。"

"师姐，就算是陈锋故意的，你现在见他又有什么意义啊？"福宝还是不解地问道。

"只靠一个顾秀扳不倒蔡武，我需要陈锋投诚江义文。"叶子目光坚定，势在必得。

"可陈锋真会投诚吗？"

"就你话多，快去联系吧。"

福宝领命，片刻便归来，将令牌交给了叶子。

"叶师姐，你可要小心行事啊。"

"我现在又不欠你钱了，你还担心我干吗？"叶子故意揶揄起福宝来。

福宝尴尬地挠挠头："师姐，你别逗，我福宝这辈子没人对我好，就师姐对我好，我就跟着师姐。虽然我贪财，但我知道什么该做什么不该做。"

"行了，我又没真说你什么。"叶子笑道。

福宝也笑了笑："我怕以后没机会说给师姐听。"

"乌鸦嘴！"叶子轻轻地扇了一下福宝的后脑勺，"老实待着，我去了。"

……

叶子仍然在那片乱石岗等着，这次陈锋却没有偷偷摸摸地，而是光明正大地出现在叶子身边。两人谁都没有说话，而是看着远处。

直到日落西山，叶子才开口："任何事情总有一天都会像这太阳一样落下帷幕，只不过有些事惧怕黑夜，有些事期待天明。"

"叶师妹这是想说什么？"陈锋问道。

"何必明知故问。"

"呵呵，人皆为利而来，你有什么筹码，尽管亮出来吧。"陈锋道。

叶子不再眺望远处，而是看向陈锋道："你没想到我没杀顾秀吧。"

"确实没想到。"

"那你应该想到顾秀被监察院抓起来的结果。"

"她知道的并不多。"

"但也不少了。"

"监察院可不是说出动就能出动的。"

"至少，现在有理由调查了。"

"怕不是监察院的调查困难重重吧。"

"那么换成我调查呢？"

"你以为你能赢？"

"难道我会输吗？"叶子眼中泛起灼热的战意。

陈锋咧嘴一笑。转瞬间，两人就战在了一起。不过，两人都未出全力，仅凭常规的武技打得不可开交。

就这样，半个时辰之后，陈锋收招，闪身到一边："你打不过蔡武。"

"需要我打吗？"

陈锋沉默片刻："你能拿出什么来？"

叶子心头大定，随即扔出一个卷轴，陈锋接过来一看，顿时一惊。再抬头，却发现叶子已经不见了。这让陈锋更惊讶，叶子本就在陈锋眼前，以陈锋的修为，任何一个人要从他眼前离开他都能察觉，蔡武也不例外。而叶子就这样消失了，更关键的是，在那卷轴的最后有一句话——"你说我能赢吗？"

陈锋不寒而栗。也许这件事情，是到结束的时候了。陈锋再次抬头看向远方，太阳早已经落下，只留下满天繁星。

……

蔡武的事件，从叶子被卷入其中开始，历时六年，今天终于宣告结束。

根据顾秀和陈锋的供述，监察院将"真气丹"事件的证据整理后提交给皇帝。皇帝震怒，特许监察院全权负责此案。江义文根据陈锋提供的线索，带领监察院突袭了蔡武等十八人的据点。此战大获全胜，除胡三刀逃脱之外，其余人全部伏法。叶子并不满意这个结果，真正幕后的人仍然没有被揪出来。但蔡武已经死亡，所有证据在一夜之间消失得无影无踪。本以为就此结束的叶子这才意识到，也许这一切才刚刚开始。

再次见到江义文时，叶子将那块皇室的令牌还给了江义文。

江义文却说："留着吧，我想你也不愿看到事情就这样结束吧。"

叶子一惊："此话怎讲？"

"怎讲不说，你愿意怎么做？"

"为此不惜一切代价！"

江义文满意地点点头，然后将一封密文交给了叶子。叶子看完后，手中剑气凝聚，将密文搅成粉末，然后目光坚定地看着江义文说道："在下必将鞠躬尽瘁，万死不辞！"

江义文道："你是一个心中有大义之人，其中的道理你自己去悟吧，该怎么做也是你自己的选择。"

叶子不解，便问："若如前辈所说，我做错了选择，或悟错了方向，岂不是愧对前辈所托？"

江义文笑道："我都说了，你是一个心中有大义之人。义者，必会做出符合'义'的抉择。"

叶子思考了片刻，对着江义文深施一礼。

……

金色沙滩，被海水一次次地冲刷着，同样被海水冲刷的还有一双靴子，靴子旁边还插着一把未出鞘的剑。

叶子赤着脚站在海边，海风吹过，那如丝般的长发随风飘扬。远远望去，此时已是傍晚时分，晚霞映着海面，天边一片平静，只有那火红的云彩光彩夺目。此时，有三个人从远处走了过来。是龙图圣君、曾子青和董志。

"你果然在这里。"龙图圣君说道。

叶子的心中似有什么被触动了一下。叶子知道，龙图圣君还是找到了她，但叶子并没有回头。她怕自己一回头，就再也不想转回来。

叶子索性闭上了眼："你怎么来了？"

"我知道你的顾虑，所以事情结束之前，我都没有出现在你面前。"叶子不置可否。

龙图圣君则继续说道："我相信，在我们的共同努力下，中青帮必将成为一个了不起的帮派。"

此刻的叶子终于发现，自己和龙图圣君已经不在一个层次了。叶子很想对龙图圣君说放弃中青帮吧！和我去更广阔的世界。

但这不可能吧！最终，叶子还是转过了身，有些事情必须去面对。

五年没见，龙图圣君还是那个样子，似乎岁月不会在他脸上留下任何痕迹，也许龙图圣君本身长得就比较老吧。不过，修行之人本身的寿命就比普通人要长，老得慢一些也正常吧。

这时，叶子发现自己都在想些什么乱七八糟的东西，急忙摒弃自己此刻的想法。

"大姐，你怎么不回来看看我们！"曾子青有些埋怨道。

"有些事太危险，我不想让你们出事。"

"大姐，兄弟之间就该有难同当啊！"董志也说道。

"这些我都懂，可你们要如何面对那些半仙乃至仙境的强者？"

叶子此话一出，两人低头不语。确实，他们的实力太过低微。说难听点，他们去了不但帮不上叶子，甚至还会成为累赘。叶子见两人的样子，知道他们心里所想。

"你们也别气馁，努力修炼，总有一天能帮到我。"叶子安慰道。

这时，董志皱起眉来，欲言又止。

"董志？"叶子问。

董志咬咬牙："大姐，我本就没什么修炼天赋，我打算在中青帮磨炼帮派管理能力，相信以后一定能派上用场。"

叶子点点头："董志，你的决定是对的。所谓兄弟，并非一定要一起去打打杀杀，我们早晚要有个家，那自然得有人看家了。"董志点点头，心中斗志昂然。

曾子青此时也说道："大姐，我，我打算出去历练一番。我要像大姐那样，只有在战斗和生死的边缘才能让自己成长得更快！"

"这样可能会死哦。"叶子说道。

"我若帮不上大姐，和死了也没什么区别！"

龙图圣君说道："好小子，有志气，此次回去你便先去将军坟里历练一番吧。"

叶子一听，好奇地问："子青，这么久了你还没进过将军坟？"

曾子青挠挠头，看了一眼龙图圣君，支支吾吾地不敢说话。龙图圣君一副老神在在的样子，双眼看天装作不知道。

"说！"叶子喝道。

曾子青急忙说："那个，那个，这不杨帮主死活不让我们进去吗……说是万一有个三长两短的，回来没法向大姐你交代，将军坟对我来说还有点危险。"

叶子瞪了一眼龙图圣君，龙图圣君尴尬地笑了笑："呵呵，这不是为了安全吗？安全第一。"

他转头严肃地问董志和曾子青："你俩可还有话要说？"

曾子青道："有啊，我有好多话要和大姐说呢！"

这时，董志拽了一下曾子青，然后假装咳了一下，曾子青才明白过来怎么回事。

"噢……"曾子青长呼一声，然后急忙对董志说："老董，我还有功法不甚理解，走，你帮我分析分析去。"

两人急匆匆地离开此地，虽然没有走远，却给叶子和龙图圣君留了足够的空间。龙图圣君此时有点尴尬。

曾子青和董志的意图很明显，大家都心知肚明，哪怕叶子也知道龙图圣君的心意，只不过两人从来没有把事情说开。叶子也比较尴尬，此时不知道该说什么。两人沉默了半天，还是叶子先开的口。

　　"你还是一点没变。"叶子不知道为什么会说出这么一句话。但叶子知道，自己这句话并非只是说龙图圣君的外貌，还包括他的心意。

　　龙图圣君也问了同样的话："难道你变了吗？"叶子一笑，果然是龙图圣君，永远能想到自己想的事情。

　　"这世界会变，天空会变，大地会变，时间会变，风景会变，人又何尝不会变。"叶子再次将目光看向远方，如是说道。

　　龙图圣君向前走了过来，与叶子站在一起，同样看着那一望无际的天边："世间的一切或许都会变，但有一样不会，我的心不变。"

　　叶子的手悄悄地攥紧了衣角，她不想让自己的冲动凌驾于理智之上。

　　此刻，叶子回忆起了与龙图圣君相识的那刻，回忆起一起成为佣兵的那刻，回忆起一起执行任务的那刻，回忆起了两人的点点滴滴。虽然算不上精彩，但也朴实无华，爱情总是在不知不觉中发芽，也许只是一个眼神、一个动作、一句问候，人群之中的那惊鸿一瞥。那种看不见、摸不着，却又时刻围绕在彼此的身边，这虚无缥缈的东西被我们称为命运。

　　"你还记得那天日出时你说的话吗？"叶子问。

　　龙图圣君思考片刻，说道："之后的路就像黎明之前的黑暗一样，你甚至不知道该往哪儿走，但只要坚持下去，一定能迎来日出。"

　　叶子点点头："我如今还在那黑暗之中。"

　　龙图圣君疑惑道："不是都搞定了吗？"

　　叶子沉默了片刻，然后目光坚定地看着龙图圣君。

　　"幕后之人却一个都没有揪出来。"

　　"即便如此，也不是我们能管得了的啊。"龙图圣君说道。

　　"之前监察院调度使找到了我，这件事，我要继续查下去。"

龙图圣君道："何必呢！"

叶子犹豫了一下，还是说道："那是因为你心无大义。"

龙图圣君哑口无言，自己心中确无大义，却不认为自己做错了什么。但身为武者，当与天争命，命运囚禁不了叶子。这一刻，叶子突然似曾相识，那几世轮回，不正是如此。两人反反复复之间，终将走向殊途。既已斩情，便不再为情所困，情之小义，又岂能阻我。

片刻后，叶子再次问道："你喜欢我吗？"

龙图圣君毫不犹豫地说："自然，你若不喜欢我，你就是个傻子。"

叶子心中一叹，如今我已经走出那座高塔，而龙图圣君却在不断地往塔上爬。也许有一天龙图圣君能爬上塔顶，俯瞰这世界，甚至能看到叶子渺小的身影在这世界中挣扎，但总有一天，叶子会走出龙图圣君目光所及之处。总有一天，叶子能看到比龙图圣君更远的风景。

"我的路还没有走完，不能停在这里。"叶子看着龙图圣君，微微一笑。

这一笑，似风停浪止。这一笑，似一生无求。

叶子抽出佩剑，剑身寒光一闪。"我若劈开这海，从此不做多情客；我若没有劈开这海，从此便与你浪迹天涯，永不悔！"

叶子身周光芒万丈，踏空而起，一剑劈下，剑势如惊涛骇浪。一道剑光贯穿大海，消失在水天相接之处。下一刻，没有想象中那惊涛骇浪般的爆发，而是从岸边的海浪开始，大海"哗"的一声，一分为二。

"这……这不可能……"龙图圣君惊讶得不知所措。远远地，曾子青和董志也愣住了。

一剑断海！

顿时，他发现自己和叶子已经不是一个层次的武者了。一股深深的无力感涌上两人心头。待龙图圣君回过神来，叶子已经消失不见了。再看那一分为二的大海，久久不能愈合，那坚韧的剑气在海中肆意翻滚，那是叶子残留在剑气中不屈的意志。

龙图圣君就这么看着那海，不知道过了多久，大海终于回归了平静。而那平静之下，是惊涛骇浪般的怒吼。

　　叶子就像这大海一样，平静的外表下，有着一个比大海还要广阔的胸怀，即使惊涛骇浪，即使烟波浩渺，都无法动摇叶子本就坚定的意志。

　　龙图圣君仰天长叹，不知叹的是自己，还是命运。

　　龙图圣君苦笑。

　　"一剑断海天欲坠，一锋森意斩红尘；一身行道坚锐志，一笑琼霄惊舞魂！

　　"清风明月痴绝处，独饮思酒念不还；春风夏雨何再见？逆则仙来顺成凡！"

　　……